협죽도 그늘 아래

도서출판 아시아에서는 《바이링궐 에디션 한국 대표 소설》을 기획하여 한국의 우수한 문학을 주제별로 엄선해 국내외 독자들에게 소개합니다. 이 기획은 국내외 우수한 번역가들이 참여하여 원작의 품격을 최대한 살렸습니다. 문학을 통해 아시아의 정체성과 가치를 살피는 데 주력해 온 도서출판 아시아는 한국인의 삶을 넓고 깊게 이해하는 데 이 기획이 기여하기를 기대합니다.

Asia Publishers presents some of the very best modern Korean literature to readers worldwide through its new Korean literature series 〈Bilingual Edition Modern Korean Literature〉. We are proud and happy to offer it in the most authoritative translation by renowned translators of Korean literature. We hope that this series helps to build solid bridges between citizens of the world and Koreans through a rich in-depth understanding of Korea.

바이링궐 에디션 한국 대표 소설 040

Bi-lingual Edition Modern Korean Literature 040

In the Shade of the Oleander

성석제
협죽도 그늘 아래

Song Sok-ze

ASIA
PUBLISHERS

Contents

협죽도 그늘 아래

In the Shade of the Oleander

한 여자가 앉아 있다. 가시리로 가는 길목, 협죽도 그늘 아래.

협죽도 그늘 아래 치잣빛 저고리와 보랏빛 치마를 곱게 차려입은 여자가 앉아 있다. 여자의 옷은 칠순 잔치에 맞춰 친정 조카가 마련해준 것이다. 여자는 오십여 년 전에 연분홍 치마저고리를 차려입고 가시리에서 구고례(舅姑禮)를 치렀다. 그때의 신부가 앉아 있다. 큰길에서 보일 듯 말 듯한 곳에, 협죽도 그늘에 가려 눈에 띌 듯 말 듯한 모습으로 나무 빛깔을 하고 있는 시멘트 의자 위에 앉아 있다.

한 여자가 앉아 있다. 의자는 차라리 시멘트 색깔 그

8

A woman was sitting in the shade of an oleander at the turn in the road to Gasi-ri.

A woman in a gardenia jacket and violet dress was sitting in the shade of an oleander. Her nephew had gotten her this suit for her seventieth birthday. More than fifty years earlier, she had worn a light pink dress and jacket for her parents-in-law greeting ceremony. That woman was sitting on a cement bench the color of a tree at a turn in the road. She was barely visible from the main street because of the oleander shade.

A woman was sitting. It may have been better if the bench had been left unpainted. By painting it

대로 놔두는 것이 나았을지도 모른다. 어설픈 나이테를 그려넣고 의자를 세운 날짜를 적어 넣은 사람은 그 의자를 세움으로써 스스로가 원목 나이테를 한 시멘트 의자 같은 시대의 인간임을, 또는 그 자신이 바로 원목 나이테를 하고 있지만 시멘트 의자나 다름없는 존재임을 알리고 있다. 그 의자 위에 앉은 여자의 등 뒤로 가시리로 가는 길이 보인다. 그 길은 의자가 세워지던 해에 시멘트로 포장된 도로다. 길은 아이 밴 여자의 배처럼 불룩하다가 가라앉고 두 갈래로 갈라지다가 이윽고 천천히 굽어 끝이 보이지 않는다. 두 갈래의 길이 자루의 주둥이처럼 폐곡선을 이루며 만나는 곳에 가시리가 있다. 여자는 가시리에서 생의 4분의 3 가까이 살았다. 여자에게는 아이가 없다. 그런데도 여자는 가시리에 살아온 대부분의 기간에 '어머니'로 불렸다. 여자의 시숙들에게는 자손이 많았다. 그 조카들이 여자를 자신들이 살고 있는 집보다는 나중에 세워진 새집에서 산다고 해서 '새집 엄마'라고 불렀고 줄여서 '새집마'로 불렀다. 생판 모르는 사람이 들으면 여자를 첩이나 재취로 오해할 수도 있는 '새집마'는 언제부터인가 동네 사람들이 여자를 부르는 일반적인 호칭이 되었다. 그래서 새집 엄마는 누

with rings for each year and inscribing the date of the bench's installation, the builder let us know that he belonged to the same time when the bench was installed, or that he was like the very cement bench with its annual rings. Behind the woman, the road to Gasi-ri was visible. The road had been paved the same year that the bench was installed. The road rose like a pregnant woman's belly, then descended, forked, and bent off until it could not be seen any more. Gasi-ri was where the two forked roads met in a closed loop like the mouth of a pouch.

The woman had lived in Gasi-ri for three quarters of her life. She had had no children. But villagers called her "mother" throughout most of her time in Gasi-ri. Her brother-in-laws had many children. Her nephews and nieces called her "new house mom" because she lived in a newer house than theirs, and this name was abbreviated to "new-o-mom." This name could have been mistaken for a concubine or a second wife's name, but it became her name among villagers. So this "new house mom," who was no one's mother, was called mother more often than anyone else in the village, more often than even her sister-in-law who had

11

구의 어머니도 아니면서 동네 사람 누구보다도 어머니라는 호칭을 많이 들었다. 열두 남매를 둔 둘째동서보다도 더 많이. 세월이 흐르고 흘러 자손들의 자손이 태어나자 그 아이들은 새집 엄마를 '새집 할머니'라 부르기 시작했다. 그렇지만 새집 할머니라고 부를 아이들은 대부분 서울에서 자랐고 또 새집 할머니라는 말은 줄여서 부르기 힘들었던 까닭에 '새점마'처럼 부르기 쉽고 사랑스러운 이름은 끝내 지어지지 않았다. 동네 사람들은 새점마라는 호칭 때문에 지은 지 오십 년이 넘은 새점마의 집을 '새집'이라고 불렀다. 시멘트와 슬레이트와 벽돌로 해마다 새로 지어지는 집들 속에서 새점마의 묵은 기와집만 새집으로 불렸다.

한 여자가 앉아 있다. 그 여자는 가시리에서 살아온 오십여 년 동안 새집에 사는 엄마로 불렸다. 그 새집 엄마가 자신의 어머니가 아님을 알고 있는 동네 사람들은 가시리(佳詩里)라는 동네 이름이 시와는 상관이 없다는 것도 대충 알고 있다. '가시말'이라는 원래의 이름을 한자로 옮긴 사람이 시를 좋아한 사람이었는지도 모른다. '가시'라는 마을 이름은 마을이 워낙 외진데다가 읍내의 가장자리에 있어서 지어졌을 것이라고 도시에서 지리

had twelve children. As time went by and the next generation arrived, these children began to call her "new house grandmother." However, most of these children grew up in Seoul, and "new house grandmother" was not easily abbreviated. And so "new-o-mom," this simple, lovely name, stuck. Villagers called her house, now more than fifty years old, "new house." Among all the houses recently built, built with cement, slates, and bricks, only the tile-roofed house of the new-o-mom was called a "new house."

A woman was sitting. She had been called "the mom who lived in a new house" for over fifty years in Gasi-ri. Villagers knew that she wasn't actually their mother. They knew this in the same way that they knew Gasi-ri (佳詩里), which meant "village of beautiful poetry," had nothing to do with poetry. The person who transliterated the original name "Gasimal" into Chinese might have liked poetry. The new-o-mom's nephew, a geography teacher in the city, once put on airs and offered the explanation that the name "Gasi" must have come from "gat," meaning "margin," referring to the village's out-of-the-way location.

Her nephew had visited Gasi-ri only twice. His

선생을 하는 새점마의 친정 조카가 알은체했다. 그렇지만 친정 조카는 가시리에 겨우 두 번 왔을 뿐이다. 조카의 아버지, 친정 오빠는 서너 해 전에 죽었다. 처음 왔을 때 조카는 아버지의 손에 새파란 호두처럼 매달려 있었다. 아하, 사십 년 전일까, 사천 년 전일까. 오빠는 이런 혼인은 무효이니 당장 나를 따라가자고 말했다. 누이동생은 울었다. 오빠가 무서워서가 아니라, 무효가 무서워서가 아니라, 힘없는 오빠가 늙고 병든 시아버지에게 대드는 광경이 눈앞에 떠오르는 바람에 울었다. 오빠는, "도대체 신행 며칠을 함께 보냈다고 십 년을 처녀로 늙게 만들고, 이제 얼마를 더 청상과부로 살게 해야 잘난 반가(班家)의 체면이 세워지겠느냐, 홍살문이라도 세워지면 만족하겠느냐, 개명천지에 이 무슨 썩어빠진 양반 놀음이냐"고 동구 밖으로 마중 나온 여동생에게 버럭버럭 소리부터 질렀다. 그 말이 동네 안까지 들렸을 리가 없건만, 들렸다 해도 동네 가장 아래쪽에 있는 시집의 담을 넘었을 리도 없건만, 오빠를 만난 시아버지는 인사치레를 한 후 단 한 번도 입을 떼지 않았다. 시숙도 말이 없었다. 오빠도 두 사람의 면전에서는 아무 말도 하지 못했다. 그러나 오빠가 무슨 말을 하고 싶어 하

14

father, the new-o-mom's elder brother, had died a few years ago. Her nephew had first visited the village with him as a young boy, dangling from his father's hand like a green walnut. Was it forty years ago? Or four thousand years ago? The woman's brother urged her to go with him then and there when she went out to greet him in the village entrance. He demanded that her marriage be nullified. The woman had cried. Not because she was afraid of her brother, or the word "nullified," but because she could imagine her frail brother lashing out at her old, sick father-in-law.

"How could they have let you remain single and grow old like this?" He had cried, "Just because you spent a few days with him on your honeymoon? How many more years do they want you to live as a young widow? Is honor that important? Would they be satisfied if the government honored your widowhood by erecting the official red gate of chastity? What kind of a horrible game of honor and nobility is this in this enlightened day and age?"

No one in the village would have been able to hear his voice, and even if they had, no one at her in-law's house, at the lowest point of the village, would have been able to hear it.

는지, 무슨 말을 못하는지 알고 있었다. 시아버지, 시어머니, 시누이, 동서들, 여자와 나이가 비슷한 시댁 장조카 모두. 오빠는 수백 리나 떨어진 도시의 가난한 선생이었다. 집에 다니러 왔다가 누이의 딱한 처지에 대해 듣고 흥분해서 달려오기는 했지만 그 낯설고 먼 도시로 누이를 데려갈 엄두를 내지 못했다. 친정에는 늙은 아버지가 시아버지처럼 병석에 누워 있었다. 시집에서 가라고 해도 누이는 친정으로 돌아갈 수 없었다. 아버지는 결코 누이를 받아들이지 않을 것이었다. 오빠는 허탕을 치고 돌아가면서 아이를 가진 여자처럼 불룩이 솟았다가 휘어져 모습이 보이지 않는 곳까지 가는 동안 열 걸음에 한 번씩 멈추었다. 그때마다 하늘과 땅을 향해 한숨을 내쉬며 누이를 돌아보았다. 아버지 손에 이끌린 예닐곱 살짜리 소년은 아버지를 올려다보고 울고 있는 고모를 돌아다보곤 했다. 그 뒤 오빠는 다시 오지 못했다.

한 여자가 앉아 있다. 가시리로 가는 길목, 협죽도 그늘 아래. 협죽도는 여름부터 가을까지 불그죽죽한 꽃을 피워낸다. 푸른 잎에 붉은 꽃잎이어서 잘 어울릴 법도 하건만, 잎은 잎대로 꽃은 꽃대로 거세게 피어 외지 사

And yet, when her brother met her father-in-law, her father-in-law said nothing after the initial greeting. Her brother-in-law also said nothing. Nor did her brother say anything in front of them. But everyone knew what he wanted to, but could not say. Everyone, including her father-in-law, mother-in-law, sisters-in-law, and the eldest son of her eldest brother-in-law, who was about the same age as her.

Her brother was a poor teacher in a city several hundred *li's* away from the village. Although he had rushed to her in-laws' house, extremely upset after hearing about his sister's situation, he wouldn't dare take her to that strange and distant city where he lived. In the woman's parents' home, her old father lay in his sick bed like her father-in-law. Even if her in-laws would let her go, she couldn't go back. Her father would never have taken her.

On his way back to town, after his fruitless attempt to take back his sister, the woman's brother stopped every ten steps. He did this until he reached the bend in the road that crested like a pregnant woman's belly, and then slid down and disappeared. Every time her brother stopped, he looked back at his sister, up at the sky, and then

람들은 그 꽃을 볼 때마다 이름을 묻고, 이름을 들은 다음에는 촌스럽다고 흉을 보기도 한다. 협죽도의 꽃잎이 붉기만 한 것은 아니다. 붉다고 해서 그냥 붉은 것도 아니다. 홍색—자홍색—황색—흰색—황백색 꽃도 있다. 협죽도의 꽃은 어른 집게손가락만한 지름의 화관에 윗부분이 다섯으로 갈라져서 수평으로 퍼진다. 어쩐 일인지 아이들은 그 꽃나무에 독이 있다고 믿고 있다. 협죽도는 햇볕이 잘 들고 습기가 많은 사질토에서 잘 자라는데 그게 독과 무슨 상관이 있는 것도 아니다. 협죽도는 포기 나누기나 꺾꽂이로 번식하는데 그건 또 독과 무슨 상관이 있는가. 협죽도 낱낱의 꽃이 청승맞을 정도로 아름다워서 치명적인가. 협죽도는 공해에 강하고 가지나 잎, 꽃을 강심제로 사용한다. 그런 사실이 독과 무슨 상관이 있을 리 없다. 협죽도에 상처를 내면 하얀 즙액이 흘러나온다. 어느 때에 소풍을 간 아이들 가운데 하나가 젓가락이 없었다. 그래서 가까이 있는 협죽도의 가지를 꺾어서 젓가락으로 만들어 김밥을 먹었다. 그 아이가 다음날 죽었다. 그때부터 그렇게 믿게 되었다고 한다. 협죽도 그늘 아래에 잠이 들었다가 꺾어진 가지에서 흘러나온 즙이 벌린 입으로 떨어지는 바람에

18

down at the road, and sighed. The young boy holding his father's hand looked at his father and then at his weeping aunt. Her brother never visited again.

A woman was sitting in the shade of an oleander at the turn in the road to Gasi-ri. The oleander bloomed red throughout summer and fall. A passerby might have thought the red flowers and green leaves went well together, but they looked too fierce in their respective colors. Strangers to the village always asked the name of the tree when they saw the flowers, and then often found fault with it, saying it sounded too rustic.

The flowers weren't only red—and even if they were, they weren't pure red. There were orange, purple-orange, yellow, white, and yellow-white flowers as well. The flowers had corolla the diameter of an adult index finger, which divided into five parts and spread horizontally.

For some reason, children believed that the oleander was poisonous. The fact that it grew well in sunny, humid, and sandy soil had nothing to do with its poison. The fact that it grew through division or cutting had nothing to do with its poison, either. Was it deadly because its flowers were all so

영영 깨어나지 못했다는 이야기도 아이들 사이에 널리 퍼져 있다. 꽃가루만으로도 그렇게 될 수 있다고 한다. 길가에 흔하디흔하게 핀 협죽도가 아이들에게는 이승과 저승을 가르는, 이승과 저승에서 모두 바라볼 수 있는 꽃으로 여겨지고 있다. 아이들은 협죽도 아래에 앉는 것조차 위험하다고 여긴다. 그렇다면 누가, 왜 협죽도를 심는단 말인가. 아이들이 위험성을 깨닫기 전부터 삶이나 죽음처럼 협죽도는 이미 심어져 있었고 자라고 있었고 번성하고 있었다. 그 아래에 있는 의자는 협죽도에 대해 아무것도 모르는 외지 사람이 제멋대로 세운 것임에 틀림없다. 그래서 그 의자는 늘 비어 있었다. 여자는 협죽도를 볼 수 없는 곳에서 시집왔다. 그래서 협죽도 그늘 아래에 태연하게 앉아 있을 수 있는지도 모른다.

한 여자가 앉아 있다. 가시리로 가는 길목, 협죽도 그늘 아래. 협죽도 앞에는 버스 정류장 표지가 서 있다. 버스는 하루 네 번 온다. 언젠가 겨울에 버스가 눈에 미끄러져 논으로 떨어진 적이 있었다. 동네 사람들이 동네에 있는 바퀴 달린 것들은 몽땅 끌고 달려들어 버스를 길 위에 올려놓았다. 다친 사람도 없었고 버스도 크게

sad and beautiful? The oleander resisted pollution, and its branches, leaves, and flowers were used as heart stimulants. This had nothing to do with its poison. If you cut a branch of an oleander, white sap flowed from the wound. According to children, a child discovered that he didn't bring his chop-sticks to a school picnic one year, and so he broke a branch off an oleander and made a pair. Then he ate *kimbop* with these and died the next day. This was what made children believe that the oleander was poisonous.

There was also a widespread rumor among chil-dren that a boy had fallen asleep under an olean-der and never woken up because the sap from a broken oleander branch had dropped into his open mouth. Children also believed that just the pollen of the oleander could do the same thing. Children thought that this common oleander flower stood between this world and the next. Flowers from both worlds. Children thought it was dangerous to even sit under an oleander. So, who planted them and why? Someone planted the oleanders, and they had been growing and reproducing forever, like life and death, long before children even real-ized their dangers. Strangers to this village must

망가지지 않았다. 그런데도 버스 회사는 며칠 동안 버스를 배차하지 않았다. 버스가 나중에 다시 다니기는 했지만 가시리 안까지는 들어오지 않고 가시리에서 수백 미터 떨어진 아스팔트길에 멈추었다. 계절이 바뀐 뒤에도 길이 좁고 험하다는 이유를 들어 제멋대로 들어오거나 말거나 했다. 동네 사람들은 그걸 두고 크게 문제를 삼지 않았다. 가시리는 길 끝에 있는 마지막 동네이고 손님이 별로 없어서 버스가 이익을 내지 못한다는 걸 가시리 사람들은 잘 알고 있다. 기실 옛적부터 가시리 사람들에게는 밖으로 나다닐 이유가 별로 없었다. 가시리에서 나는 것만 먹고도 그럭저럭 살 수 있다. 가시리에서 나는 것만 입고도 그럭저럭 살 수 있다. 가시리에서 보고 배우는 것만으로도 그럭저럭 살 수 있다. 남는 것은 없지만 모자랄 것도 없는 것이다. 그래서 다른 동네 사람들이 가시리를 무명〔木棉〕열매에 비유하기도 하고 떼도둑의 소굴 같은 곳이라고 험담할 때도 있다. 가시리에서 유난히 많이 났던 무명의 열매는 달아서 먹을 수 있고 익으면 밤송이처럼 한껏 벌어져 하얀 솜을 토해 놓아 이불이며 옷을 짓게도 한다. 수백 년 전에 큰 가물이 들었을 때 가시리에서 큰 도둑이 일어났

have built a bench under one without knowing anything about them. The woman had come from a village where there were no oleanders. That must be why she could sit so calmly under one.

A woman was sitting in the shade of an oleander at the turn in the road to Gasi-ri. There was a stop sign for the buses in front of the oleander. The bus came four times a day. One winter a bus fell off the snowy road and into a rice paddy. Villagers came with wheeled pulleys and tools and hauled the bus back out onto the street. No one had gotten hurt and the bus had not been badly damaged. Nevertheless, the bus company did not dispatch the bus for several days. And when the bus service resumed, the bus did not enter the village. It stopped on the asphalt road a few hundred meters away from Gasi-ri. Even when the spring came, the bus did not enter the village as often as it had used to. They said that the road was too narrow and rough.

Villagers did not complain. They knew that the bus company did not profit from stopping in their village. There were very few passengers coming to and from these last stops. There weren't many reasons for villagers of Gasi-ri to leave their village. They could live fine, eating what they produced

다고도 한다. 그 도둑을 잡기 위해 관아에선 무진 애를 썼지만 도둑의 이름을 듣고 도둑이 되려고 모여든 사람들의 수가 관아 사람 전체를 합친 것보다 많았다. 사방이 산으로 둘러싸인 가시리로 가는 길은 험하고 좁았다. 한 사람이 지키면 백 명이 덤벼도 들어갈 수가 없었다. 관아에서는 가시리로 들어가는 길을 가시나무로 둘러막았다. 가시나무가 자라 무성한 숲을 이루도록, 여섯 사또가 갈리도록 한 사람도 나오지 않았다고도 한다. 그때부터 가시리로 부르게 되었다는 것이다. 가시리 입구 버스 정류장의 나무 무늬를 한 시멘트 의자에 앉은 여자는 거기서 열 명의 군수가 오가고도 남을 세월을 보냈다. 가시리 입구에는 가시나무가 숲을 이루도록 무성했다는 전설을 입증할 가시나무는 한 그루도 없다. 가시나무는 여자의 가슴속에서 숲을 이루었다. 가시리 사람들은 그렇게 알고 있다.

한 여자가 앉아 있다. 가슴속에 가시나무가 숲을 이룬 여자는 자신의 칠순 잔치를 끝마치고 돌아가는 사람들을 배웅하러 나왔다. 차를 타고 온 사람도 있었고 버스를 타고 왔다가 아스팔트 도로에서 십 분쯤 걸리는 가시리까지 걸어온 사람들도 있었다. 그렇게 해서 여자의

and wearing what they made in their village. They didn't have excess, but they never had shortages, either. People from other villages used to compare Gasi-ri to the cotton fruit. Cotton fruit, especially common in Gasi-ri, offered sweet fruit to eat, and white cotton when ripe. You could make bedding and clothes with the white cotton from the ripe fruit, open like a chestnut bur.

People also called Gasi-ri a robbers' den. There was an old tale that a great bandit had risen out of Gasi-ri during a massive drought several hundred years ago. Although the government tried to subjugate him, more people heard his name and joined him than fought against him with the government soldiers.

Gasi-ri was surrounded by mountains, and the path from the outside world was rough and narrow. A single person was enough to defend it from a hundred men. The government blocked the path by planting briers. It was said that nobody came out of Gasi-ri until those briers grew and became a dense forest. Meanwhile, six governors came and went. Some said that the village had gotten its name from the briers, the Gasi trees. The woman sitting on the cement chair, painted like a tree at

친정 식구와 시집 식구 사십여 명이 모였다. 친정 식구
는 하나뿐인 오빠의 자손과 이질(姨姪)들이다. 여자의
오빠와 여동생들은 모두 죽었다. 시집 식구는 여자의
두 시숙의 며느리와 자손들이다. 큰시아주버니와 동서
는 살았으면 백 살을 바라보았을 터이다. 친정 식구들
은 여전히 친정 동네인 몽탄(夢灘) 가까이 살고 있어서
조카 식구를 빼고는 모두 버스를 타고 왔다. 서울 가서
사는 시집 식구들은 차를 맞춰서 함께 내려왔다. 환갑
이 넘은 질부(姪婦)가 싱글싱글 웃으면서 농을 던졌다.
"새점마, 우리가 다 궁금해하는 게 있수. 혹 새점마 처녀
아니우?"

　한 여자가 앉아 있다. 치잣빛 저고리, 보랏빛 치마가
잘 어울린다. 바람이 여자의 머리카락을 살짝 흩트린
다. 여자는 처녀처럼 수줍게 옷깃을 여민다. 여자의 나
이는 일흔 살이다. 여자를 처녀라고 부를 사람은 없다.
여자의 이름도 처녀가 아니다. 그렇지만 여섯이나 되는
질부와 질녀들은 여자가 처녀인지 아닌지 궁금해 한다.
처녀는 스무 살 때에 가시리로 시집왔다. 신랑은 처가
에서 신행을 한 뒤에 타고 온 말을 후행(後行)에 맡기고
곧바로 서울에 있는 학교로 향했다. 신랑은 셋째아들로

the entrance of Gasi-ri, had spent more years in Gasi-ri than the ten magistrates who had already come and gone. There was not a single brier left at the entrance of Gasi-ri. There was no proof that there had once been a dense forest of briers. There was a dense forest of briers in the woman's heart. Villagers of Gasi-ri knew.

A woman was sitting. The woman whose heart had been filled with briers had come out to the bus stop to see off guests who had attended her seventieth birthday celebration. Some came by car, others by bus. Those who had come by bus walked about ten minutes from the bus stop to the village. There were, altogether, about forty guests from her family and her in-law's families. Her family was her second cousins and her only brother's children and grandchildren. Her siblings were all deceased. Her in-law's family was her two brothers-in-law's daughters-in-law and their children. Her eldest brother-in-law and his wife would have been almost a hundred if they had been still alive. Her family still lived near Mong-tan, her home village, and so they all came by bus except for her nephew's family. Her in-laws from Seoul carpooled. Her nephew's wife, now over sixty years

27

대학에 막 진학한 참이었다. 신랑의 아버지, 곧 처녀의 시아버지가 될 사람은 원래 근동에서 이름난 부잣집의 셋째아들이라고 했다. 그렇지만 스무 살이 되어 결혼을 하자마자 당신의 형님으로부터 삼태기 하나와 머릿수건 하나만 나눠 받고 살림을 따로 나야 했다. 그는 읍내 사람들이 가기조차 꺼리는 가시리로 들어가 수숫대로 집을 지었다. 백면서생에 아는 것이라고는 글밖에 없었던 그는 험한 세상의 한가운데에서 살아남기 위해서 체면을 돌보지 않고 농사일이며 장사 일에 달라붙었다. 그는 입에 들어오는 것은 무엇이든 삼켰고 주먹 안에 잡히는 것은 결코 놓치지 않았다. 문리(文理)가 터져 있던 그는 힘 있는 사람들과 교제를 했고 세상의 흐름을 잘 알았다. 세상이 크게 흔들리면 흔들릴수록 그의 재산은 널뛰듯 늘어났다. 그렇게 해서 부자 소리를 다시 듣게 됐지만 하고 싶었던 공부를 다 하지 못했다. 그의 맏아들 역시 걸음마를 시작하면서부터 아버지를 도와 온갖 풍상을 함께 겪는 바람에 학교는 문턱에도 가지 못했다. 늦게 본 셋째아들에게 아버지는 공부만 하게 했다. 셋째아들은 꼭 그맘때의 아버지처럼 백면의 잘생긴 청년이었다. 그의 아버지는 아들을 멀리 유학 보내

old, smiled and asked her, jokingly, "New-o-mom, there's something we're all curious about. You're still a virgin, aren't you?"

A woman was sitting. A gardenia jacket and violet dress suited her well. A breeze left her hair slightly disheveled. The woman fixed her jacket shyly, like a virgin. She was seventy years old. Nobody would call her a virgin. Her name was not virgin. But, altogether, six nephews' wives and nieces wondered whether she was a virgin or not. She'd married when she was twenty. After the wedding the groom went straight to school in Seoul. He entrusted his horse with the groomsman. The groom, the third son in his family, had just entered college.

The groom's father was also a third son. He was born in a well-known, wealthy family. But as soon as he married, he had to establish a separate family with only a straw basket and a head kerchief he'd received from his eldest brother. He went to Gasiri, a village townspeople never even visited. He built a house there with sorghum stalks. In order to survive, he, a pale scholar, plunged into farming and trade without bothering about his honor. He swallowed whatever entered his mouth and never let go of whatever he caught in his hands.

는 대신 장가를 들여 손자를 보고 싶어 했다. 처녀의 아버지는 봄이면 복숭아꽃이 만발하는 몽탄의 꼿꼿한 유학(幼學)으로 널리 알려져 있었다. 집안을 따지지 않는 바는 아니었으나 신랑감이 학생이라는 말에 쉽사리 혼담이 성립됐다. 초행을 치르고 간 신랑은 방학이 되면 재행(再行)을 오기로 되어 있었다. 신랑이 신부의 집으로 재행 왔을 때는 초행과는 달리 말을 타고 오지 않았다. 신랑은 전쟁이 터졌다는 소식과 함께 선뜻한 저녁 바람처럼 돌아왔다. 입으면 훤칠하고 환하게 태가 나던 학생복은 어디서 바꿔 입었는지, 바꿔 입고 살아남아야 했는지는 몰라도 거지꼴이나 다름없었다. 그날 저녁 신부의 아버지는 두 사람을 불러 앉혔다. 신부에게는 시집으로 갈 준비를 하라고 했고 신랑에게는 경우가 아니지만 이렇게라도 시집으로 보낼 수밖에 없다고 말했다. 다음날 새벽 두 사람은 가시리로 길을 떠났다. 신랑은 가는 도중에 무슨 일이 있을지도 모르니 차림을 바꿔야 한다고 말했다. 그리고 논에 들어가서 검은 진흙을 가져와서 처녀의 얼굴에 발라주었다. 두 사람은 세 개의 산을 넘고 네 개의 여울을 건너고 백 리 길을 걸어 가시리에 도착했다. 신부는 보퉁이에서 꺼낸 치마저고리로

As a knowledgeable, well-learned man the father knew the way of the world and was able to socialize with powerful people. He became rich again. The rockier the world became, the more rapidly his assets grew. But he couldn't fulfill his wish to study. His eldest son had to help him as soon as he could walk. His eldest son shared all of life's hardships with him, and so the son never had a chance for a formal education. So the father had his third son, whom he had rather late in his life, concentrate only on his studies. His third son was also very handsome and pale, a scholar of books like his father. He was accepted into a prestigious school in Seoul. When the son was about to leave, the father decided his son should marry. He wanted a grandson.

The woman's father was a Confucian scholar, well known for his integrity. He came from Mongtan, a village full of peach blossoms in the spring. Although the woman's father didn't like the groom's background, he readily agreed after discovering the groom was a student. The groom was to visit the bride's home for the second time during his school vacation. For this visit, the groom did not come on horseback, unlike their wedding. He came like a

갈아입고 구고례를 겨우 갖추고는 시어머니와 함께 안
방에서 첫밤을 보냈다. 당시 풍습대로 일 년 뒤에나 시
집을 오게 되어 있던 까닭에 미처 신방이 준비되지 않
았던 것이다. 신랑은 아버지와 형 앞에 앉아 그동안 있
었던 일을 간략하게 말하고는 내내 입을 다물고 있다가
조카들과 함께 잠을 잤다. 다음날도 그 다음날도 사정
은 마찬가지였다. 신부는 신랑과 눈이 마주치기라도 할
까 싶어 부엌에 늘 숨어 있었다. 새로 지은 옷을 건네줄
때에는 조카들에게 부탁했다. 얼마 되지 않아 인민군이
들이닥쳤다. 신부의 시집은 동네에서 가장 마당이 넓다
는 이유로 공회소가 되었고 시아버지는 인민위원장이
되었다. 혹 시아버지가 세상이 흔들릴 때 늘 해오던 것
처럼 바뀐 세상에 능동적으로 적응하려고 했는지도 모
른다. 혹은 식구들, 특히 세 아들, 그 가운데서도 점령지
인 서울에서 도망쳐온 셋째아들의 안전을 위해 어쩔 수
없이 그렇게 했는지도 모른다. 그러고도 신랑은 인민군
이 읍내에 들어왔다는 소식이 전해지자마자 곧바로 뒷
산에 파놓은 구덩이로 옮겨졌다. 신부는 하루 한 번 아
무도 모르게 주먹밥을 해서 산으로 갔다. 그 일만은 동
서도 대신 해주려고 하지 않았다. 주먹밥을 놓고 오는

cold evening wind at the same time that news broke in their village that their country was at war. The groom had had to disguise himself as a vagrant to survive. When he arrived he had already given up his college uniform, which had made him stand out and look even more handsome. That night, the father of the bride called them both to his room. He told the bride to prepare to leave for her in-law's house. He told the groom that he had no choice but to send his daughter like this, without any formalities. At dawn the next morning, the couple left for Gasi-ri.

Along the way, the groom told her she had to change her appearance. He didn't know whom they would encounter on their way. He entered the rice paddy and brought back black soil to rub on his bride's face. They walked a hundred *li* to arrive in Gasi-ri, climbing three mountains and crossing four brooks. The bride changed into her regular jacket and dress she had brought in her *botung'yi* to perform the formal ceremony for her in-laws. She slept with her mother-in-law the first night after barely managing the ceremony. They hadn't prepared a bridal room yet, as she was supposed to join the family a year after the wedding, accord-

짧은 시간 동안 신랑은 아무 말도 하지 않았다. 어떤 말도 할 수 없었는지도 모른다. 동네 사람들은 신랑이 돌아온 줄 모르고 있었고 신부도 몰랐다. 신부는 친척집에 다니러 왔다가 전쟁통에 머물게 된 처녀로 소개됐다. 그래서 신부는 다시 처녀가 되었다. 이어지는 고난과 두려움과 황망함 속에서 어쩔 줄 몰라 하던 처녀는 동네에 있는 어떤 처녀보다도 더 처녀처럼 보였다. 길다면 일생처럼 길고, 지나고 난 뒤 세어보면 몇 달도 안되는 짧은 시간이 흐른 뒤, 세상이 다시 바뀌었다. 처녀의 시아버지와 시숙들은 부역을 했다는 이유로 경찰서에 끌려갔다. 집으로 돌아온 신랑은 식음을 전폐하고 내내 사랑방에 앉아 있었다. 며칠 뒤, 신랑은 휘청거리는 걸음으로 읍내로 나갔다. 온 읍을 통틀어 몇 명 되지 않는 대학생이었던 그는, 타의 모범을 보이며 학병 입대를 자원했다. 다음날 그의 아버지와 형은 무사히 집으로 돌아왔다. 그로부터 며칠 뒤에 처녀의 신랑이 군인들과 함께 지프를 타고 집으로 돌아왔다. 지프에는 입대를 권유하는 붉은 글씨가 쓰인 현수막과 스피커가 달려 있었고 신랑의 목은 잔뜩 쉬어 있었다. 처녀는 물에 찬밥을 말아먹는 일행에게 다가가서 풋고추와 된장

ing to the custom at that time. The groom sat quietly in front of his father and brother, briefly explaining what he had gone through. He slept in his nephews' room. This arrangement did not change the next day or the day after that. The bride stayed in the kitchen, because she felt shy in front of the groom. When she had to send him clothes she had just made, she used his nephews as messengers.

Soon after this, the People's Liberation Army descended upon their village. The bride's in-laws' house became the village public hall because it had the largest yard. Her father-in-law became the president of the village people's committee. He must have done this to adapt to a changed world, as he always had done whenever there was an upheaval. Or, he might not have had any choice in order to protect his family, especially his third son, who had run away from occupied Seoul. Even so, the groom was taken to the pit behind his house as soon as news of the People's Liberation Army's nearby occupation reached the village. The bride secretly delivered rice balls to the groom once a day. Her sister-in-law wouldn't do it for her. No one would. The groom didn't say anything during that short time when she handed him the rice balls.

을 올려놓았다. 신랑은 그때 잠시 처녀에게 눈길을 보냈고 처녀에게만 들리도록 한숨을 쉬었다. 후들거리는 걸음으로 부엌에 들어서는 처녀의 귀에 자네 마누라냐고 묻는 군인의 거친 목소리가 들렸다. 죄짓지 않은 신랑이 죄지은 사람처럼 그렇다고 대답하는 소리가 들렸다. "저렇게 이뻐서 어디 밤이 떨어지겠어" 하는 소리와 "걱정 말라우. 내가 잘 돌봐줄 테니까" 하는 소리와 함께 걸쭉한 군인들의 웃음소리가 들려왔다. 신랑에게 하는 소리인지, 자신들끼리 하는 말인지, 아니면 처녀에게 하는 말인지 분간이 되지 않는 말이었다. 처녀는 분했다. 잘생긴 신랑이, 공부만 알고 세상은 모르는 신랑이, 부잣집 아들로 얌전히 자라온 신랑이 그런 일을 당하는 것이 분했다. 부엌에는 처녀 말고도 대여섯 명의 여자들이 숨을 죽이고 모여 있었다. 그들의 남편, 아버지는 무사했다. 처녀는 가슴을 쓸어내리는 여자들을 지나쳐 뒷문을 빠져나가 뒤꼍으로 갔다. 막 동글동글한 열매가 익기 시작하는 배나무 아래에서 소리 죽여 울었다. 그런데 꿈결인지 생시인지 신랑이 처녀를 내려다보고 있는 것이었다. 신랑은 무슨 말인가 하려 했지만 목이 쉬어 말을 하지 못했다. 신랑은 몇 번 목을 가다듬다가 포

He probably was unable to say anything. Villagers didn't know that he had returned or who his bride was. The family introduced her as a visiting relative who couldn't return home. The bride became a virgin again. She looked at a loss in the midst of all the suffering, fear, and confusion. And so she looked even more like a virgin than any virgin in the village.

The world changed again after a few months, which felt like a lifetime. Her father-in-law and brothers-in-law were dragged to the police station for taking sides with the rebels. The groom returned home and sat in the reception room for male guests without eating or drinking. A few days later, he went downtown, his steps faltering. He was one of only a handful of college students in the village, so he volunteered to be a student soldier to set an example. The next day, his father and brothers returned safe.

A few days later, the groom came home with other soldiers on a jeep. There was a speaker and a placard urging voluntary enlistment in bold red letters attached to the jeep. The groom's voice was hoarse. The bride brought green peppers and miso to the soldiers that accompanied him. The groom

기하고는 처녀의 얼굴을 어루만졌고 눈물을 닦아주었다. 처녀는 와들와들 떨기 시작했고 그 바람에 신랑이 손을 잡았다 놓은 줄도, 가는 줄도 몰랐다. 처녀는 가슴을 억누른 채 뒤꼍에 혼자 남아 있었다. 크르륵 하고 목에 가시가 걸린 짐승의 소리처럼 시동이 걸리는 소리에 놀라 처녀가 뛰어나갔지만 부모—형제—조카의 눈물 어린 전송은 끝난 지 오래였고, 신랑을 태운 차는 두 갈래에서 하나로 합쳐지며 뱀처럼 휘어져 보이지 않는 길을 지나가고 있었다. 지프가 사라지기 직전 누군가 손을 흔들었는데 그것이 신랑의 손인지 다른 군인의 손인지는 알 수 없었다. 바로 그 장면은 수백 번 이상 되풀이해서 꿈으로 되살아났다. 꿈에서 신랑은 언제나 젊었고 목이 쉬어 말을 하지 못했고 슬픈 눈으로 처녀를 내려다보고 있었다. 신랑의 머리 위에는 막 여물기 시작한 돌배가 흔들거렸다. 그 뒤로 처녀의 신랑은 처녀에게로 오는 다른 길은 모두 잊은 듯 꿈길로만 처녀에게 왔다.

일생 동안 수백 번이나 같은 꿈을 꾸어온 여자가 앉아 있다. 가시리로 가는 길목, 협죽도 그늘 아래. 그 꿈의 주인공이 전장으로 가고 난 뒤 다시 인민군이 내려온다는 소문이 돌았다. 한번 부역자로 몰렸던 시아버지

looked at her for a moment and sighed. Only his bride heard it. Later the bride went to the kitchen, her footsteps faltering, and heard a soldier's rough voice asking the groom if she was his wife. She heard the groom answer in the affirmative. He sounded guilty although he was guilty of nothing. Loud laughter followed.

"How could he leave such a pretty wife behind?"

And "Don't worry. I'll take good care of her."

It wasn't clear whether they were saying those words to the groom, talking amongst themselves, or they were talking to the bride. The bride was angry. She was angry that her handsome groom, the scholarly young man who didn't know the world, the well-behaved son of a wealthy family, was being treated in this way. In the kitchen, there were five or six other women, all holding their breaths. Their husbands and fathers had all escaped danger. They were heaving sighs of relief. She passed them by and went through the back door out to the yard. She cried silently under the pear tree whose giant, globular fruit was about to ripen. Suddenly, she realized that the groom was looking down at her. She wasn't sure if she was dreaming or awake. The groom was trying to say

는 소문을 듣자마자 피난을 서둘렀다. 만일 인민군이
들어온다면 이번에는 아들을 군대에 내보낸 아버지로
잡혀갈 게 뻔했다. 가시리에서 피난을 떠난 식구는 처
녀의 시집뿐이었다. 황소에 멍에를 지우고 달구지에는
무거운 짐과 임신부를 태웠다. 처녀는 물론 임신을 하
지 않았다. 처녀의 동서들은 모두 아이를 배고 있었다.
처녀는 어린 조카를 업고 안고 손을 쥔 채 달구지를 따
라 걸었다. 처녀의 친정 동네 앞에서 잠시 행렬이 멈췄
다. 시아버지가 발이 물집투성이가 된 처녀를 불렀다.
친정으로 돌아가 있어라. 시아버지는 나직한 목소리로
일렀다. 처녀는 몸을 반쯤 돌리고 서 있다가 단호하게
고개를 흔들었다. 세 번, 네 번 거듭 흔들었다. 곧 태어
날 아이를 생각해서 입이라도 하나 줄여야 하는 처녀의
동서들은 좋은 낯을 하지 않았다. 일행은 다시 묵묵히
움직였다. 해가 뉘엿뉘엿 넘어갈 무렵, 피난 가는 사람
들 앞에 수숫대가 무성한 고개가 나타났다. 갑자기 수
숫대 뒤에서 온몸에 풀을 꽂은 군인들이 튀어나왔다.
놀란 일행은 모두 바닥에 납작 엎드렸다. 군인들은 얼
굴이 숯처럼 검거나 머리카락이 노랬고 이상한 말을 썼
다. 군인들은 총을 휘두르며 알아들을 수 없는 말로 무

something, but he couldn't, because he had lost his voice. He tried to clear his throat a few times. Then he held her face and wiped her tears. She began to tremble. Although he held her hand before he left, she wasn't even aware of it. She just stood on the spot, trying to control her emotions.

Suddenly she was surprised to hear an engine start, making a noise like the cry of an animal with a bone stuck in its throat. When she ran out and arrived at the main road, she found that his leave-taking with his parents, siblings, and nephews and nieces was already over. The jeep carrying him was disappearing down the road curved like a snake after it joined the fork. Somebody waved a hand just before the jeep disappeared, but she wasn't sure whether it was the groom's or somebody else's hand. Later, this scene reappeared in her dream hundreds of times. In her dreams, he was always young, he couldn't speak because he had lost his voice, and he was looking down at her with sad eyes. Above him, wild, newly ripe pears shook. Since then, the groom visited her only in dreams, as if he forgotten all the other roads, other than the one in her dream.

A woman who dreamt the same dream hundreds

어라 외쳐댔다. 식구들은 모두 떨고만 있었다. 잠시 후 여자의 시숙이 자신이 아는 유일한 외국어, 곧 일본어로 자신들은 죄가 없으니 제발 죽이지만은 말아달라고 애원했다. 군인들 가운데 한 사람이 총을 내리고는 그에게 서툰 일본말로 "돌아가라"고 했다. 피난민들은 연신 고개를 끄덕이며 그렇게 하겠다고 대답했다. 그때 군인 가운데 한 사람이 일본말을 하는 군인에게 임신한 여인의 배를 가리키며 무어라 말하고는 자기들끼리 낄낄거렸다. 일본말을 하는 군인이 여기에 처녀가 있느냐고 물었다. 피난민들은 얼굴을 마주보았다. 피난민 속에는 여자가 예닐곱 명이나 되었지만 한 사람은 환갑에 가까웠고 두 사람은 임신부였으며 나머지는 열네댓 살이 고작이었다. 피난민들은 대답을 찾지 못했다. 군인은 정색을 하고 천천히 같은 질문을 되풀이했다. 시숙이 나섰다. 떠듬거리는 목소리로 있다고 대답했다. 모든 사람의 눈길이 한 사람, 곧 처녀를 향했다. 처녀는 죽을힘을 다해서 쓰러지지 않으려고 버텼다.

시집을 가서도 처녀라고 불렸던 여자가 앉아 있다. 가시리로 가는 길목, 협죽도 그늘 아래. 군인들은 멧돼지처럼 온몸에 풀을 꽂고 있었다. 군인은 여자를 가리키

of times was sitting in the shade of an oleander at a turn in the road toward Gasi-ri. After the hero of that dream went to battle, a rumor circulated that the People's Liberation Army would come again. This time, her father-in-law rushed to evacuate in order to avoid accusations of being a traitor. If the People's Liberation Army came to the village again, they would be sure to detain him for sending his son to the South Korean army. Only his family evacuated from Gasi-ri. After fitting a yoke onto an ox, heavy luggage and pregnant women got on the oxcart. The bride of course was not pregnant. Her sisters-in-law were all pregnant. She piggybacked a young nephew, held another in her arm, led another with her hand, and walked alongside the oxcart. The procession stopped briefly at the entrance of the village of her premarital home. Her father-in-law called her over. Her feet were blistered all over.

Go to your parents' home, he told her in a low voice. The bride, with her eyes slightly averted, resolutely shook her head from side to side. She shook it three or four times. Her sisters-in-law, who hoped to get rid of another mouth to feed for the sake of their unborn children, looked unhappy

며 당신들의 딸인가 물었다. 남자들은 엎드린 채 일본말로 그렇다고 대답했다. 혼자 서 있던 여자는 일본말을 다 알아듣지는 못했지만 그들이 나누는 이야기가 무엇인지 알고 있었다. 수십 년 뒤에도 잊으려야 잊을 수가 없었다. 군인이 무어라고 다시 물으려는 순간, 포성이 가까운 데서 울려 퍼졌다. 군인들은 놀란 거미 새끼처럼 흩어졌다. 군인 하나가 총을 흔들면서 "돌아가라"고 외쳤다. 그리고 그들은 홀연히 사라졌다. 고갯마루에는 겁에 질린 피난민밖에 남지 않았다. 포성이 거듭 울렸다. 포성이 그칠 때까지 여자를 제외한 모든 피난민들이 머리를 땅에 박고 엎드려 있었다. 그런 세상에도 저녁이 왔다. 시아버지가 소를 돌려세웠다. 친정 동네 앞에서 시아버지는 다시 처녀를 돌아보았다. 처녀는 피가 흘러내리도록 입술을 문 채 고개를 흔들었다. 시아버지는 측은한 눈길로 처녀를 바라보다가 들릴 듯 말듯 "너는 이제부터 내 딸이다" 하고 중얼거렸다. 그리고 십여 년 후 임종의 자리에서 그 말을 되풀이했다.

한 여자가 앉아 있다. 가시리로 가는 길목이다. 여자는 누구를 기다리는 사람처럼 이따금 버스가 오는 큰길을 내다본다. 잔치는 벌써 끝났고 온 사람은 가버렸다.

about this. Silently, the family began to move again.

When the sun was about to set, they encountered a hill dense with sorghums. Suddenly, soldiers with grass stuck all over their clothes and hats jumped out from behind the sorghums. Surprised, the family lay face down on the ground. The soldiers had black faces or yellow hair, and spoke a strange language. They brandished their rifles and shouted words the family couldn't understand. The entire family trembled. Her brother-in-law begged in Japanese, the only foreign language he knew, to please not kill them, because they were innocent. A soldier lowered his gun and told him to go back in awkward Japanese. The evacuees nodded their heads and said they would. Suddenly, a soldier pointed to the belly of a pregnant woman and said something to the soldier who spoke Japanese. They giggled. The soldier asked if there was a virgin among them. The evacuees looked at one another. Although there were six or seven women, one was almost sixty, two were pregnant, and the rest were pre-teens. They didn't know what to say. The soldier asked the same question again. Her brother-in-law came forward and answered in the affirmative, his voice trembling. All eyes were

한번 간 이들이 다시 돌아오려면 다시 일 년이 걸릴지 십 년이 걸릴지 알 수 없다. 새로 올 사람도 없다. 있을 리 없다. 없다, 없다. 여자는 그런 사실을 잘 안다. 여자의 남편은 군인이 되었다고 했다. 보통 군인이 아니라 계급이 높은 군인이 되었다고 시숙은 동네 사람들에게 말했다. 동네 사람 가운데 전장에서 여자의 남편을 보았다는 사람이 있었다. 압록강을 향해 진격하던 중에 피부색이 바둑알처럼 검고 흰 병사들 틈에 앉은 여자의 남편을 보았다는 것이다. 여자의 남편은 지프에 타고 있었다. 동네 사람은 시숙의 말대로 서방님, 그러니까 여자의 남편이 아주 높은 계급인 것처럼 보였는데 이상하게도 군복에 계급장을 달지 않았다고 했다. 동네 사람은 여자의 남편을 알아본 순간 까마귀 떼처럼 논바닥에 쓰러져 누운 일행에게서 떨어져 나와 지프로 다가갔다. 그는 간밤에 죽을 고비를 두어 번 넘겼고 수십 명의 전우를 잃었다. 그만하면 전장에서 만난 한 고향 사람에게 가서 말을 거는 권리 정도는 얻었다고 생각했다. "나를, 나를 아시겠소?" 여자의 남편은 몹시 지친 얼굴이었다. 그러나 그를 기억해주었다. "자네 인규 아닌가. 여기서 만나다니 이게 웬일인가, 인규." 인규, 곧 동네

turned to one person, the bride. She tried not to collapse.

A woman people called a virgin even after marriage was sitting in the shade of an oleander at the turn in the road to Gasi-ri. The soldiers were covered with grass. It stuck to their clothes. They looked like wild boars. They pointed to her and asked if she was his daughter. The men, still lying face down, answered in the affirmative. The woman, standing alone, understood what they were talking about although she did not understand what they were saying. She could not forget their words, even many decades later.

The soldier was about to ask again when the sound of firing rang out nearby. The soldiers scattered like frightened baby spiders. A soldier yelled at them to go back, wielding his rifle. The soldiers suddenly disappeared. Only the terror-stricken evacuees remained near the hill. The sound of firing continued. Until it stopped, everyone except the woman lay face down on the ground. Evening came. Her father-in-law turned the ox around. He looked at her again at the entrance of the village of her premarital home. She shook her head, biting her lips until they bled. Her father-in-law stared at

사람은 울기부터 했다. "서방님, 나 어젯밤에 여러 번 죽었다 살아났소. 나 죽으면 우리 어머니는 누가 먹여 살리겠소, 서방님." 여자의 남편은 측은한 눈길로 그를 바라보았다. "그렇지. 자네는 삼대독자 외아들이었지. 그런 사람이 전장에 끌려 나와서 이 고생이구만. 너무 걱정 말게. 전쟁이 이제 곧 끝날 테니." 인규는 정신이 번쩍 들었다. "그것보다 반가운 소식이 어디 있겠소. 그런데 서방님은 지금 어디서 오는 길이시오?" "나는 유엔군 군속이라네. 통역을 하고 있어." "통역이라니, 역시 서방님처럼 많이 배운 사람은 다르구만요. 서방님은 이 난리통에도 살아남으시겠소." 여자의 남편은 한숨을 쉬었다. "사실은 지난달에 북진하면서 내가 우리 동네 앞 신작로를 지나왔었네. 시간이 없어서 동네에 들르지는 못했네만 동네 가는 길이 포탄 자국 하나 없이 멀쩡한 걸로 봐서 모두 무고하신 듯하네. 자네 어머니도 잘 계시겠지." 인규는 속이 탔다. "아니 동네 앞을 지나가기만 하면 어쩌시우. 몇 걸음 안 되는 델 한번 들어가서 보시지 않구." "하여튼 자네 몸 성히 집으로 돌아가거든 내가 곧 집으로 돌아간다고, 너무 걱정하지 말라고 전해주게." "아니오. 서방님이야말로 집으로 가시걸랑 제가 죽

her, his eyes full of pity and said, "You're my daughter from now on." He repeated the same words on his deathbed about ten years later.

A woman was sitting at the turn in the road to Gasi-ri. Occasionally, she looked toward the main street where the bus would come. The celebration was already over and the guests had left. There was no knowing when they would visit again, whether they would come in a year or in ten years. There wouldn't be any new guests. That wouldn't happen. No. The woman knew it well. People said that her husband became a soldier. Not an ordinary soldier, but a high-ranking officer. That's what villagers said. A villager said that he had met her husband in the battleground. He said that he saw her husband on the way to the Amrok River. He said that her husband was sitting with soldiers who were white- and dark-skinned like *go stones* in a jeep. According to the villager, "the gentleman," her husband, looked like a high-ranking officer. But, oddly, he didn't have a badge of rank on his uniform. The villager had been lying with a group of soldiers on a rice paddy like a flock of crows. The moment he had recognized the woman's husband, he ran to the jeep. He had been on the brink of

으나 사나 어머니 생각만 하다가 갔다가 전해주시오."
그러는 동안 지프의 바퀴가 구르기 시작했다. 인규는
지프의 뒤를 따라가며 외쳤다. "서방님, 제발 부탁이니
높은 자리에서 살아만 주시오. 살아서 집에 꼭 가시오.
가시걸랑 제발 내 소식 좀 전해주시우." 여자의 남편은
멀어져가며 손나팔을 하고 그에게 소리쳤다. "아버님께
내가 잘 있다고 전해주게. 형님께는 걱정 마시라고 해
줘. 내 안식구한테는 내가 꼭 돌아간다고, 꼭 돌아간다
고 해주게." 그로부터 며칠이 되지 않아 인규는 포탄에
맞아 한쪽 다리를 잘라야 했고 몇 달 뒤에 집으로 돌아
왔다. 다시 그로부터 몇 달이 흐른 뒤에 그 말을 여자에
게 해주었다. 그러나 꼭 돌아온다던 여자의 남편은 여
자의 칠순 잔치 때까지도 오지 않았다. 잔치가 끝난 뒤
에도 오지 않는다.

　한 여자가 앉아 있었다. 가시리로 가는 길목, 협죽도
그늘 아래. 여자의 관자놀이에는 가늘고 새파란 정맥이
드러나 있다. 세월이 사람의 얼굴에서 가장 섬세한 부
분부터 망가뜨린다는 것을 생각하면 일흔에도 주름에
묻히지 않는 정맥은 여자가 젊을 때 얼마나 섬세한 성
격이었는지를 웅변해주는 듯하다. 여자는 곱게 늙었다

death several times and lost dozens of fellow soldiers the night before. He thought he had won the right to approach and ask his fellow villager, "Do you recognize me, sir?"

Her husband looked very tired, but he remembered. "Aren't you In-gyu? What a coincid-ence to meet you here!"

Immediately, In-gyu had begun crying, and said, "Sir, I almost died many times last night. Who will take care of my mother if I die, sir?"

Her husband looked at him pitifully and said, "That's right. You're part of the third generation of only sons! Even you were dragged into this war. Don't worry. The war will be over soon."

In-gyu suddenly felt wide-awake. "What welcome news! By the way, where are you coming from, sir?"

"I'm a civilian worker for the UN troops. I'm an interpreter."

"An interpreter! It's different for scholars like you —even in war. You'll survive this war, sir."

Her husband sighed and said, "I actually passed by the main street in front of our village on our way north last month. I didn't have time to stop by the village. But it looked like nothing happened

는 말을 많이 듣는다. 아니, 늙었다는 말을 별로 듣지 못한다. 곱다는 말은 들었다. 한을 품으면 시체가 썩지 않는다고 한다. 마찬가지로 어떤 한이 있어 살아 있는 여자에게 세월의 풍화 작용이 더뎌졌는지도 모른다. 여자가 앉아 있기 시작한 지도 꽤 되었다. 차갑고 딱딱한 시멘트 의자를 원목 나무 의자로 보이게 만든 영리한 사람의 시간으로 환산하면 한 시간쯤일 텐데, 그동안 여자에게 달라진 것은 아무것도 없다. 전쟁이 끝났다는 소식은 가시리에 아주 늦게 도착했다. 가시리에는 그 소식을 전해줄 만한 신문이 배달되지 않았다. 우체부는 있었다. 전쟁이 끝난 뒤에도 전사 통지서를 계속 가져왔다. 그때마다 동네 한구석에서는 포연과 같은 곡성이 솟아올랐다. 늙은 여자들은 힘없는 주먹으로 가슴을 쳤고 젊은 여자들은 머리를 쥐어뜯으며 흙바닥에 뒹굴었다. 그 광경을 보고 그 소리를 들을 때마다 여자의 관자놀이에는 새파란 정맥이 불거지곤 했다. 여자의 미간에는 그때 찌푸리던 기억의 창고, 곧 세로의 주름이 생겨났다. 여자가 누군가를 기다리던 장소는 협죽도가 심어지기 전 신작로에서 가시리로 가는 길이 만나는 곳이었다. 아직도 기억하는 사람이 있었다. 여자 혼자 가시리

there. There was no trace of bombings on the road to our village. I'm sure your mother is fine."

"What, you just passed by our village?" In-gyu said, now upset, "Why didn't you drop by? You would only have to take a few more steps to come inside."

The woman's husband did not respond to this. "In-gyu, if you return safe and sound, please tell my family that I'll come home soon, that they don't have to worry about me."

"No, if *you* go home, sir, please tell my mother that I thought of her all the time before I died."

The jeep was beginning to roll, while they were talking. In-gyu ran after it and shouted, "Sir, please stay alive. I believe you can, because you're an officer. Please go home alive and send my regards to my mother."

Her husband made a makeshift speaker with his hands and shouted, as the jeep pulled away, "Please tell my father that I'm doing fine. Please tell my elder brother that he doesn't have to worry about me. And tell my wife that I'll return, I'll return home safe."

A few days later, In-gyu lost his leg to a bomb. He returned home a few months later. A few

로 가는 길목 협죽도 그늘 아래에 앉아 흙바람에 고운 눈썹을 찌푸리며 누군가를 기다렸노라고. 신작로 큰길에 사람의 모습이 나타나면 여자는 용수철처럼 퉁겨져 일어났다가 그 사람이 자신이 기다리던 사람이 아닌 것을 알게 되면 다시 공처럼 둥글게 몸을 오므렸노라고. 무슨 노랜가, 옛이야긴가를 웅얼거리며 한없이 앉아 있곤 했노라고. 그래서 넋이 나간 것 아니냐, 굿이라도 해야 한다는 수군거림도 들었다고. 그걸 기억하고 거듭 자손에게 되풀이해서 들려주던 이들, 가령 여자의 손윗동서는 오래전에 죽었다. 여자는 그런 말을 들을 때마다 웃을 듯 말 듯하며 고개를 젓곤 했다. 어느 날 전쟁이 끝났다. 결국 끝나버렸다. 전쟁이 끝났다는 사실을 가시리에서 태어나는 짐승조차 알게 되었다. 가시리를 둘러싼 산 너머에서 격전이 벌어졌고 산에서 흘러내린 물이 이룬 냇가, 풀이 우거진 곳마다 어느 편인지 알 수 없는 군인의 시체가 있었다. 얼굴이 검거나 희거나 누렇거나 간에 시체 위에 싹튼 풀들은 음흉한 검은 잎을 번들거리며 무성하게 자랐다. 용케 불타지 않은 나무들은 발악하듯 한층 더 많은 꽃과 열매를 매달았다. 짐승들은 그전보다 훨씬 많은 수의 새끼를 낳았고 살아남은

months after that, In-gyu delivered her husband's message to her. However, her husband didn't return until her seventieth birthday celebration. He didn't return until the celebration was over.

A woman was sitting in the shade of an oleander at the turn in the road to Gasi-ri. Her temples showed thin, blue veins. Time destroys the most delicate part of a person's face first. The unburied veins in her face seemed to testify to her delicate constitution during her youth. People often said that she grew old beautifully. No, people didn't really say that. They said she was beautiful. They said that a body harboring bitter feelings never rots. Likewise, she might not have grown old quickly because of the bitter feeling she had.

It had been awhile since she sat on the bench. It would have been about an hour according to the method of calculations by that clever man who had made a cement bench a wooden one. Nothing changed for her during that hour.

The news of the ceasefire arrived in Gasi-ri very late. No newspaper came to Gasi-ri. A mailman came. He continued delivering death-in-action notices even after the war ended. Every time, a wailing cry rose like the smoke of artillery in some

사람들은 짐승과 경쟁하듯 아이를 낳았다. 그 몇 해, 그 몇 해. 전쟁은 전장에서만 벌어진 게 아니었다. 그 시절을 보낸 가시리 사람들이라면 누구나 알고 있었다. 다른 사람이 낳은 아이를 업은 여자가 우는 아이를 달래며 가시리로 가는 길목에 앉아 있었다. 발을 질질 끄는 상이군인이 나타난 적도 있었고 눈썹이 없는 나병 환자가 여자를 놀라게 한 적도 있었다. 여자는 신작로를 오가는 떠돌이들에게서 함께 가자는 희롱을 당하기도 했고 미친 여자에게 놀림을 받기도 했다. 그런 것들이 여자를 두렵게 하고 슬프게 하고 놀라게 했을지는 몰라도 매일 같은 장소에 나와 기다리는 버릇을 바꾸게 하지는 못했다. 여자가 기다리는 사람은 단 한 사람도, 단 한 번도 온 적이 없었다. 그러나 누군가를 기다리는 한 여자는 초저녁의 초롱처럼 아름다웠다. 무명 저고리와 검은 치마에 때 전 버선을 신어도 여자는 그림에서 도려낸 듯 아름다웠다. 초가을의 안개 속에서, 여름의 뜨거운 햇빛 아래에서, 겨울의 차가운 눈보라 속에서 젖고 그을리고 갈라 터져도 여자는 변함없이 아름다웠다. 기다리는 동안 여자는 스무 살 그대로 늙지 않았다.

한 여자가 앉아 있다. 가시리로 가는 길목, 협죽도 그

corner of the village. Old women beat their chests with their feeble fists, and young women tore their hair and rolled on the ground. Whenever she saw or heard this, blue veins protruded from the woman's temples. A vertical wrinkle, a storehouse of memories, appeared in the middle of her forehead. The spot where she waited was where the main street met the road to Gasi-ri before anyone planted the oleander. Some people still remembered how she waited, sitting alone in the shade of an oleander at the turn in the road to Gasi-ri. She frowned into the dusty wind.

Whenever a person appeared on the main street, she sprang up and then sat down again, rounding her body like a ball as soon as she saw that the person wasn't the one she had been waiting for. She continued to sit there, mumbling or singing a song in a low voice. People whispered, wondering whether she had lost her mind. They said that she might need a shamanistic ritual. The people who remembered it and told the story to their children and grandchildren, like her elder sister-in-law, had already died long ago. Whenever she heard people say things like that, the woman shook her head from side to side, smiling.

늘 아래. 그 여자의 남편은 전쟁 중에 실종되었다. 여자의 남편은 군인이 아니었다. 군속이었다. 군인에게는 소속이 있고 동료가 있고 부하와 상관이 있다. 전사를 한다 해도 목격자는 있다. 시체는 숲에서 냇물 속에서 흙으로 썩어져도 군번이 적힌 인식표는 남는다. 군번이 있는데 사람이 없으면 소속 부대를 통해 확인 절차를 밟을 수 있고 시체가 거름이 되어 누구인 줄 알아볼 수 없게 되어도 썩지 않고 녹슬지 않는 인식표만 있으면 전사 통지를 할 수 있다. 그러나 그러나 그러나, 계급도 군번도 시체도 없이 자원하여 군속이 되었다가 실종된 사람은 어떻게 되는가. 어떻게 처리하는가. 그걸 아는 사람은 많지 않았다. 그래서 여자의 남편이 실종되었다는 사실을 문서로 통지해주는 일이 더뎌졌는지도 모른다. 비밀스러운 일이 되었는지도 모른다. 행방불명되었다는 것은, 포로가 되었거나 낙오했거나 목격자도 없이 죽었다거나 하는 여러 가지 가능성과 살아 있을 수도 있다는 것을 의미한다. 때로 그것은 기다리는 사람에게 죽음보다 더 가혹하다. 그래서 아무도 여자에게 그 사실을 알려주지 않았는지도 모른다. 여자가 신작로와 가시리 가는 길이 만나는 곳에 나가서 누군가를 기다리기

One day the war was over. Finally over. Even the animals in Gasi-ri knew. There had been fierce battles beyond the mountains surrounding Gasi-ri. There were soldiers' bodies all over the forests and streams flowing down from the mountains. It was not clear which side each soldier fought for. Plants grew densely over the bodies, whether their faces were black, white, or yellow, their faces boasting dark, wicked, glossy leaves. Flowers and fruit also grew on the trees that had the fortune of surviving. It was as if the trees were kicking and screaming. Animals gave birth, over and over, riotously, and people gave birth as if they were competing against them. During those few years, the war wasn't carried on only in the battlefield. Everyone in Gasi-ri knew that.

Piggybacking and calming someone else's baby, a woman was sitting at the turn in the road towards Gasi-ri. Sometimes a wounded soldier came up the main road and other times a leper, missing eyebrows, surprised her. Sometimes tramps made fun of her and tried to talk her into going with them. Other times a crazy woman teased her. These things may have made her feel afraid, sad, or alarmed, but they didn't stop her from coming to

시작한 이후, 여자에게 기다리지 말라, 혹은 기다리라고 말해준 사람은 하나도 없었다. 어떤 말을 해줘야 할지 아는 사람이 없었다. 모르는 사람들은 침묵했다. 여자를 둘러싼 세계가 일제히 침묵했다. 여자가 가는 곳 어디서나 사람들이 하던 말을 멈추었다. 여자가 나타나는 곳 어디나 침묵의 서리가 내렸다. 시간이 흐르면서 사람들은 자신들이 침묵하는, 침묵해야 하는 이유를 불편해하기 시작했다. 여자는 결국 달갑지 않은 침묵을 유발하는 존재로 인식되었다. 언젠가부터 여자 자신이 깊은 우물처럼 침묵했다. 노래도 중얼거림도 잃어버렸다. 그 침묵은 여자의 친정아버지와 시아버지가 동시에 죽은 해, 그러니까 전쟁이 끝나고 서너 해가 흐르도록 이어졌다. 여자는 소리 없이 걸어 다녔고 있는 듯 없는 듯 일했으며 기척 없이 살았다.

한 여자가 앉아 있다. 가시리로 가는 길목, 협죽도 그늘 아래. 여자의 시집에 사장(査丈)의 부고를 전하러 온 사람은 여자가 어릴 때 산지기로 있던 노인이었다. 그때는 여자의 머리 위에 협죽도가 그늘을 드리우지 않았다. 유리 같은 푸른 하늘이 얼음 알갱이 같은 햇빛을 쏟아 붓던 시절이었다. 여자는 '아씨'라고 부르는 그의 모

the same spot every day. The person she waited for never came. But the woman waiting for someone looked as beautiful as a lantern in the early evening. Although she wore a cotton jacket, black skirt, and dirty socks, she looked as beautiful as she had just been cut out from a picture. Even when she was wet in the early autumn fog, tanned under the scorching summer sun, and chapped in blistery winter snowstorm, she remained beautiful. While she waited, she remained twenty years old. She didn't grow old.

A woman was sitting in the shade of an oleander at a turn in the road to Gasi-ri. Her husband was missing in action during war. He wasn't a soldier, but a civilian worker. A soldier has his squad, fellow soldiers, and subordinates and superiors. Even if he is killed in action, there usually is a witness. Even if his body rots in the forest and streams and turns into soil, his identification tag remains. When there is only an identification tag, the unit takes steps to confirm the death. Even if the body becomes fertilizer, the military sends a death-in-battle notice to his family, because there is an identification tag that doesn't rust or rot. But what happens to someone who doesn't have a rank, an

습을 보고 용수철처럼 일어섰다가 둥근 공처럼 몸을 오므렸다. 그는 동네에서 여자가 미쳤다는 소문을 듣고 왔다. 매일처럼 길가에 나와 서방을 기다리다가 결국 혼이 나가버렸다고 했다. 그러나 그는 여자가 미치지 않았다는 것을 금방 알게 됐다. 부음을 전하자 여자의 얼굴이 박꽃처럼 희게 변했던 것이다. 그러나 여자는 시집에 부고를 해야 하는 그의 직분을 느린 고갯짓으로 일깨워주고는 종내 그의 얼굴을 마주보려 하지 않았다. 그가 부고를 전한 뒤 다시 가시리의 좁은 입구에 이르렀을 때 여자는 먼 산을 바라보고 있었다. 장조카가 여자의 손을 잡아끌어 집으로 돌아갔다. 여자의 시아버지는 여자가 돌아왔다는 이야기를 듣고 여자를 불렀다. 병석에서 몸을 일으킨 시아버지는 여자에게 "친정으로 돌아가거든 다시 돌아오지 않아도 좋다"고 일렀다. 여자는 고개를 저었다. 시아버지는 그때에야 누런 봉투에 든 행방불명 통지서를 내놓았다. 여자는 불에 덴 듯 펄쩍 뛰었다. "욕심과 미련이 지나쳐 일이 이 지경에 이르렀으니 곧 저승에 가더라도 사돈 뵈올 면목이 없다"고 시아버지는 눈물지었다. 여자는 미친 사람처럼 고개를 저었다. 어떤 말도 하지 않았다. 시아버지는 여자의 시

identification tag, or a body? Someone who volunteers as a civilian worker and goes missing? How do you handle that? Few people knew the answer.

That might explain why the official notice could have been delayed. That might explain why it could have been some sort of secret. Missing in action could mean many things: becoming a P.O.W., falling behind, or dying alone. Above all, it could also mean that the person was still alive. This could sometimes be even crueler than death to those waiting. That may explain why no one told her the news. Since the day she began waiting for someone at the turn where the main street and the road to Gasi-ri met, no one told her to wait or not to wait. No one knew what to tell her. They said nothing, because they didn't know what to say. The world around her kept quiet. Wherever she went, people stopped talking. Wherever she showed up, silence descended like frost. As time went by, people began to feel uncomfortable about that silence, and the reason why they had to remain silent. In the end, she became someone who was the cause of an unwelcome silence. At some point, she began to be silent like a deep well. She lost songs and murmurings. That silence continued for

숙을 불러 여자의 앞으로 된 다소간의 전답 문서를 내놓았고, 부조금과 함께 그 문서를 사돈댁에 전하라고 일렀다. 여자는 벽에 기대어 고개를 젓기만 했다. 이튿날 새벽, 여자는 시숙의 뒤를 따라 친정으로 향했다. 그 길은 여자의 남편이 말을 타고 초행(初行)을 갔던 길이었고, 그때 시숙은 상객(上客)이었다. 여자의 친정아버지는 유언하되, 출가한 여자들은 대문에 들어올 수 있지만 상청(喪廳)에는 들일 수 없다고 못을 박았다. 여자는 아버지의 유언에 따라 하루만 머물고 시집으로 돌아왔다. 여자를 보내면서 오빠는 눈물지었지만 여자는 결코 울지 않았다. 며칠 더 상가에 머물다 돌아온 시숙은 열흘 뒤 자신의 아버지의 부고를 사돈댁에 보내야 할 형편이 되었다.

한 여자가 앉아 있다. 여자의 발 가까이 도랑이 있고 도랑가에는 보랏빛 수국이 피었다. 물에 들어갔다 나온 아이의 입술처럼 푸른 수국은 누가 일부러 심은 것도 아닌데 가시리로 가는 길가에 가끔 피었다. 가시리 사람들은 수국을 과부꽃이라 부른다. 가녀린 꽃대에 비해 지나치게 커다란 꽃이 그런 이름을 불러들였는지도 모른다. 수국은 인가나 절에서 심는 대표적인 관상용 꽃

a few years after the war ended, until the year when both her father and father-in-law died. She walked in silence, worked as if she was not there, and lived without leaving any traces.

A woman was sitting in the shade of an oleander at the turn in the road to Gasi-ri. An old man had come with the announcement of her father's death. He used to be the grave keeper for her family when she was young. That day, there was no shade from the oleander. The sky was as clear as glass, pouring sunrays like grains of ice. She sprang up to see him and then sat down and rolled up her body like a ball when she saw who it was. The old man had heard the rumors that she had gone crazy. People said that she had waited for her husband on the street everyday until her soul departed. But he knew immediately that she hadn't gone crazy. When he told her the news of her father's death, her face turned white like a gourd flower. But she nodded toward her in-laws' house to remind him that he should go and deliver the news himself. She didn't want to see his face. After he delivered the news and returned to the narrow entrance to Gasi-ri, he saw that the woman was now staring faraway at the mountains. The eldest son of

이다. 버스 정류장 주변에는 인가나 절이 없다. 그런데
도 수국은 천연스럽게 피었다. 인가나 절에서 도랑을
따라 씨나 싹이 흘러왔을지도 모른다. 가시리에서 흘러
왔다면 사람들은 그게 여자의 집에서 왔다고 여길 것이
다. 여자의 마당에는 수많은 꽃이 있다. 박태기나무—
동백나무—단풍나무—산수유나무가 있고 영산홍—옥
잠화—매화—글라디올러스—튤립—칸나—백일홍—도
라지—금잔화—국화—진달래—맨드라미—매화—황매
화—장미—모란—장다리꽃—도라지—제비꽃—분꽃이
철마다 돌아가며 꽃을 피운다. 대부분은 여자가 한 해
에 한두 그루씩 가져다 심은 것이다. 한겨울에도 여자
의 마당에는 꽃이 지지 않는다고 소문이 났다. 그렇지
만 수국은 심지 않았다. 가시리의 아이들은 수국이 뱀
을 부르는 꽃이라고 믿는다. 수국이 흐드러지게 피면
그 아래에는 꼭 뱀이 똬리를 틀고 있다고. 내놓고 말하
는 법은 없지만 여자는 사람들이 수국에 관해 뭐라고
하는지 잘 알고 있다. 여자의 집에 놀러 오는 여자들은
대개가 일흔 살이 넘은 과부들이다. 여자가 스스로를
과부로 여겨서 수국을 심지 않는 게 아니라 여자의 벗
들이 수국을 싫어하므로 심지 않는 것이다. 뱀은 상관

the woman's eldest brother led her by the hand to her house. Her father-in-law called her. He got up from his sick bed and told her, "You don't have to come back from your parents' house."

She shook her head. It was only then that her father-in-law handed her the M.I.A. notice from a yellow envelope. She leapt up like someone had set her on fire. Her father-in-law began to cry and said, "This is all because of my greed and stupidity. I have no face to show your father in the other world."

The woman shook her head like she had gone mad. She didn't say anything. Her father-in-law called his eldest son and handed him the deed to a small farm in her name. He told his son to give it to her family together with the monetary token of condolence. The woman leaned against the wall and kept shaking her head from side to side. The next morning, she headed toward her parents' home, following her brother-in-law. They retraced the footsteps of her husband on his trip to their wedding. Her brother-in-law had been the best man. Her father had left a will in which he said his married daughters were not allowed to enter the shrine, although they could come in through the

없었다. 여자는 수국을 심지 않았고 그뿐이다. 여자는
철마다 들어오는 과일을 대부분 곰팡이가 필 때까지 내
버려두었다 버리는데, 거기서 빠져나간 씨앗이 싹을 틔
워 그 나무가 다시 꽃과 열매를 달기도 했다. 그게 여자
의 담벼락 아래 자라는 고욤나무요, 개복숭아나무이며
개살구와 꽃사과에 돌배나무이다. 여자는 수국을 집 안
에 들여놓지 않았고 버리지도 않았으며 싫어하지도 않
았다. 이제 수국의 꽃은 조금씩 붉은 빛을 띠게 될 것이
다. 처녀의 입술처럼 붉어지면서 늙어간다. 고추처럼
붉게 늙어간다. 여자는 수국에서 눈을 뗀다. 수국에서
날아오른 나비가 여자의 어깨 위를 맴돈다. 여자는 가
볍게 고개를 흔든다. 나비는 앉을 자리를 찾지 못하고
날아간다. 멈칫멈칫 날아가 버린다.

언제부터인가 한 여자가 가시리로 가는 길목에 앉아
있었다. 언제부터인지 여자의 발치에 보랏빛 수국이 피
어 있다. 엷게 화장을 한 탓인지 여자의 나이는 훨씬 덜
들어 보인다. 거기다 여자는 일생에서 몇 년을 잃어버
렸다. 중앙선이 그어진 아스팔트 길 건너에서 협죽도
그늘 아래에 앉은 여자를 보면 쉰 몇 살쯤의 중년 부인
으로 착각하기 쉽다. 여자는 어디서 나이를 잃어버렸을

front gate. The woman obeyed this and stayed only one day and then returned to her in-laws' home. Her brother cried when she left, but she didn't. Her brother-in-law stayed at her parents' house a few more days before he returned. Ten days later, he had to send the notice of his father's death to her parents' home.

A woman was sitting. There was a ditch near her feet. Blue violet hydrangeas were blooming along the ditch. The hydrangeas were as blue as the lips of children dunked into a brook. They bloomed here and there along the road to Gasi-ri, although no one had planted them. Villagers called the hydrangea the "widow's flower." That name might have had something to do with its flowers being so much larger than the stalks. The hydrangea was a decorative flower typically planted in houses and temples. There were no houses or temples near the bus stop. Nevertheless, hydrangeas bloomed as if insisting that there was nothing unusual about their presence. Seeds or sprouts might have flowed down the stream from houses or temples. If they flowed down from Gasi-ri, they would probably have flowed down from her house. That was what people believed.

까. 그 십 년, 남들이 짐작하기조차 힘든 전쟁 후의 그 십 년의 세월이 여자에게는 도둑맞은 시간인지도 모른다. 그 십 년, 적어도 그 십 년 동안은 여자는 남편이 돌아오기를 기다렸다. 여자는 그 십 년을 인간같이 살지 못한 시간이라고 생각한다. 여자를 둘러싼 사람들이 사람 같지 않았다고 여긴다. 그렇게 해서 도둑맞은 시간이 이제 여자를 나이에 비해 몇 년은 더 젊어 보이게 한다. 그 십 년 중에 실종자에 대한 판결이 있었고 여자의 남편은 법적으로는 사망했다. 여자는 연금을 받기 시작했다. 여자는 시집에서 나왔지만 친정으로 가지 않고 지치고 병든 몸을 새집에 눕혔다. 그때부터 여자는 남들처럼 나이를 먹어가기 시작했다.

협죽도 그늘에 앉아 있는 여자는 한 동네, 한 집에서 수십 년을 한결같이 살았다. 한 해는 그 전해의 되풀이였고 한 달은 그 전달의 되풀이였으며 하루는 그 전날의 되풀이였다. 일 초는 그전의 일 초와 크게 다르지 않았다. 여자는 매일 새벽이면 동네의 어느 집보다 빨리 불을 켠다. 긴 머리를 빗은 뒤, 쪽을 찐다. 빠진 머리카락을 뭉쳐 그 전날 뭉쳐놓은 머리카락 뭉치에 더하고 세심하게 방을 청소한다. 그리곤 노래와 옛날이야기의

There were many flowers in the yard of her house. There were red buds, camellias, maples, and cornelian cherries. There were plantain lilies, Japanese apricots, gladioluses, tulips, cannas, zinnias, Chinese bellflowers, marigolds, chrysanthemums, azaleas, cockscombs, winter jasmines, roses, peonies, cabbage flowers, violets, and four-o' clocks. They bloomed from one season to the next. She planted most of them, one or two different flowers a year. People said that there were even flowers in her yard in the middle of winter. But she never planted hydrangeas. Children of Ga-si-ri believed that hydrangeas brought snakes. They believed that wherever hydrangeas bloomed, a snake coiled under one.

Although people never openly talked about it, the woman knew what people were saying about the hydrangeas. Her friends who visited her were mostly widows over seventy. She didn't plant hydrangeas, not because she didn't think of herself as a widow, but because her friends didn't like them. She didn't mind snakes. She just didn't plant hydrangeas and that was that. The woman threw out the fruit she received as gifts every season when they got moldy. Sometimes their seeds germinated.

중간쯤 되는 중얼거림으로 들리는 기도를 한다. 아침을 먹고는 집 안을 돌본다. 이따금 벗들의 방문을 받고 이야기로 소일하기도 한다. 여자가 먹는 음식은 늘 일정하다. 재래식 된장과 고추장, 간장에 야채, 밥, 한두 가지의 반찬이 곁들여진다. 오후에는 필요한 나들이를 하거나 밭을 돌보고 라디오로 음악이며 세상 소식을 듣는다. 밤이 되면 여자의 집은 동네 어느 집보다 불이 빨리 꺼진다. 요컨대 여자의 일상은 대단히 규칙적이고 가끔의 예외조차 예외 나름의 규칙을 가지고 있다.

가시리로 가는 길목에 앉아 있는 여자의 집은 헌집이지만 새집으로 불리고 실제로도 새집처럼 보인다. 벽은 한 해에 한 번씩 칠을 했고 지붕 기와도 한 해에 한 번 손질을 해서 풀 하나 없이 깨끗하다. 방바닥과 벽 역시 한 해에 한 번씩 새것으로 바르고 칠했다. 여자의 방문에는 한 철에 한 번씩 새 종이가 발렸다. 여자는 한 달에 한 번씩 마당의 잡초를 뽑고 일주일에 한 번은 장독대—수돗가—화장실을 청소했다. 사흘에 한 번은 쓰레기를 태우고 이틀에 한 번씩 뒤꼍의 그늘 아래를 살펴 곰팡이나 버섯, 물길처럼 새로 생긴 것들을 없앴다. 추녀에 걸린 빨랫줄에는 거의 매일 눈부시게 흰 빨래가 깃

They grew into trees that flowered and bore fruit. There were lotus-persimmon, dog-peach, wild apricot, and wild pear trees growing next to the wall of her house. She didn't bring hydrangeas into her house, didn't throw them out, and didn't dislike them. The hydrangeas would begin to turn red little by little. They grew old, turning red like a girl's lips, like peppers. The woman took her eyes off the hydrangeas. A butterfly flew out of one and hovered around her shoulders. She shook her head lightly. The butterfly couldn't find a place to land and so it flew away. It flew away hesitantly.

A woman had been sitting at the turn in the road to Gasi-ri since nobody knew when. Violet hydrangeas had been blooming near her feet since nobody knew when. Because of her light make-up, she looked much younger than her age. Also, she had lost several years of her life. If you looked at her in the shade of an oleander across from the central-lined main street, you could mistake her as a middle-aged woman, a woman in her fifties. Where had she lost those extra years? That decade, that decade after the war when she waited for her husband might have been stolen time for her. She considered those ten years as time when she hadn't

발처럼 펄럭였다. 벽에는 푸른빛을 배경으로 어딘가를
향해 눈길을 주고 있는 청년의 초상이 걸려 있는데, 초
상을 싼 유리에 먼지 하나 없다는 것이 중요하다. 묵은
오동나무 장롱은 아침저녁으로 여자의 젖은 손이 스쳐
가고 방바닥 역시 미끄러질 듯 반들거린다. 그릇은 이
빨 하나 빠진 데 없이 삼십 년을 버텨온 것들이 태반이
다. 여자의 집에서 새 물건을 보는 것은 아주 드문 일이
지만 물건은 모두 새것이나 다름없다. 전기가 들어오고
나서 주변의 강권으로 가전제품을 들여놓기도 했고 전
화도 여자의 경대 위에 놓여 있긴 하지만, 그 역시 처음
들어왔을 때의 제품이 대부분이다. 여자가 돌보고 매만
지는 것은 모두 여자를 닮았고 닮아간다.

　여자의 머리 위에 흐드러진 협죽도의 잎과 꽃이 피고
나고 지고 떨어지듯 여자에게도 변화는 있다. 사람이
죽고 살며 나고 오간다. 날씨는 조석으로 변하고 새의
울음소리가 달라진다. 여자의 주변 사람들이 전해주는
소식도 있다. 예컨대 여자의 남편이 천신만고 끝에 북
한을 탈출하여 귀국한 어느 국군 포로처럼 아직도 북한
에 살고 있을 수도 있다. 그가 결혼했을지도 모르고 아
이들과 손자를 바가지 속의 메주콩처럼 그득 두었을 수

lived like a human being. She thought that those around her weren't like human beings, either. That stolen time now made her look years younger than she really was. During those ten years, there was a trial for people missing in action. Her husband was deemed legally dead. She began receiving pension. She left her in-laws' house, but she didn't return to her native home. Instead, she laid her ill, wearied body in a new house. From then on, she began growing old.

The woman sitting in the shade of an oleander had lived for many decades in the same house in the same village. Her new years were like the previous years. Her new months like the previous months. Her new days like the days before. Her new seconds were nearly the same as the previous ones. Every morning she turned on the light earlier than anyone else in the village. She combed her long hair and put her hair in a chignon. Hair fell out and she added it to a lump, which she added to another lump of hair she had made the day before. She cleaned her room carefully. Then, she prayed. She muttered when she prayed and it sounded like something in between a song and a story. She ate breakfast and took care of her house. Sometimes,

도 있겠다. 여자는 어느 벗에게서 그런 말을 들었을 때 고개를 갸웃했다. 그리곤 살며시 웃는가 말았는가 했는데 그것으로 그만이었다. 두 번 세 번 다른 사람들이 다른 말로 같은 이야기를 해도 꼭 같았다.

여자의 방에는 여자가 시집을 때 가져온 숟가락이 있다. 끝이 초생달 모양으로 닳은 놋쇠 숟가락이다. 그 숟가락은 여자가 자신의 집에 들어와서 자던 첫날밤, 문고리에 걸렸다. 그때처럼 여전히 끝이 날카로운 그 숟가락이 여자 아닌 누군가의 손에 의해 벗겨진 적이 있었던가. 누군가 그것을 벗기고 여자의 집에서 여자와 다른 무엇을 가져가려고 했었나. 여자만이 알 것이고 기억하리라. 그러나 가시리에서 여자와 함께 살아온 사람들은 누가 감히 여자의 집에서 도둑질을 할 수 있겠느냐고 말한다. 도둑질 한다고 해서 도둑질할 수도 없는 것을 가져가서 무엇에 쓰겠는가. 협죽도도 안다. 협죽도에게 물어보라. 수국에게 물으라. 남의 삶을 도둑질할 수 있는가. 있다면 그걸 어디다 쓰겠는가고. 여자는 자신의 일생을 위해 일생을 바쳤다.

한 여자가 앉아 있다. 가시리로 가는 길목, 협죽도 그늘 아래. 그 여자는 일생 동안 협죽도 아래에서 자신의

her friends visited her and they chatted. Her menu was also always the same. Vegetables, rice, and a couple of side dishes accompanied traditional *doen-jang*, red pepper paste, and soy sauce. In the afternoon, she ran errands, took care of her vegetable garden, and listened to the radio to learn about what went on in the world. At night, the light in her house turned off earlier than any other house in the village. This was her daily routine. Even exceptions had their own rules.

Her house at the turn in the road to Gasi-ri was an old house that people called a new house. It actually looked like a new house. The walls were repainted every year. The roof tiles were taken care of once a year as well. Not a single blade of grass was visible on her clean roof. The wallpaper and the oilpaper covering the floor were replaced annually as well. The paper covering her bedroom door was replaced every season. She weeded once a month, and once a week she cleaned the outdoor water fountain, bathroom, and the terrace where she had placed soy sauce crocks.

She burned trash once every three days, and went out to the back yard every other day to find and get rid of fungi, mushrooms, and puddles.

시간이 아닌 듯한 여분의 시간에 자신이 아닌 듯한 여분의 자신을 생각해본 적이 없었다. 지금이 바로 그 순간이다. 한없이 긴 듯, 일순처럼 짧은 방심의 시간. 여자는 그걸 깨닫고 놀란다. 느닷없이 우리 밖으로 나오게 된 짐승처럼 사방을 살핀다. 아무도 없는 길을 내다보고 아무도 없다는 것을 확인하고 돌아앉는다. 바람이 살짝 흩트린 머리를 매만지고 옷고름을 당겨 묶는다. 이제 여자가 가고 나면 그늘도 사라지고 어처구니없이 많은 꽃을 매단 협죽도 한 그루만 남을 것이다.

아직은 한 여자가 앉아 있다. 가시리로 가는 길목, 협죽도 그늘 아래.

「홀림」, 문학과지성사, 1999

Bright white laundry flapped like flags almost everyday from the clotheslines that hung from the eaves. There was a framed photo of a young man on the wall. He stood in front of a blue backdrop and he was looking off somewhere. There was no dirt whatsoever on the glass of that frame. Her wet hands touched the chest made of paulownia tree every morning and evening. The oil-papered floor was so slick that it looked as if one could slide on it. Most of her dishes and bowls lasted thirty years without even suffering a tiny chip in them. You rarely saw a new thing in her house, but everything looked new. After the electricity came to the village, she bought electronic home appliances at the urging of people around her. There was also a telephone on top of her dresser. But this, along with everything else she owned, was mostly what she had first acquired. Whatever she took care of and touched resembled, or gradually came to resemble her.

As leaves and flowers sprouted, bloomed, withered and fell from the oleander above her, there were other changes, too. People died, lived, were born, and came and went. The weather changed every morning and evening. The birds' cries changed. Neighbors delivered news. For example, her husband might be in North Korea now. He might escape and return home like the South Korean P.O.W. who had managed to escape after indescribable hardships. He might have remarried and had children and grandchildren, as many as the soybeans in a gourd. When she heard these speculations, she smiled and said nothing. Other people said the same thing in different ways once or twice. Her response was exactly the same.

There was a spoon in her room. It was a spoon she'd brought from home when she married. It was a brass spoon with its edge worn out and thinned like a crescent moon. That spoon was hung on the iron-ring handle of her bedroom door the first night she moved to her new home. Had a hand other than hers ever taken out that spoon? Had someone ever taken it out and tried to take her and other things from her house? Only she could know and remember the answer to that question. Those who had been living with her in Gasi-ri asked who would dare to steal anything from her house? What would they do with something they couldn't steal even if they took it? The oleander knew. Ask the oleander. Ask the hydrangeas. Can anyone steal anyone else's life? And even if they could, what would they do with it? She devoted her life to her life.

A woman was sitting in the shade of an oleander at the turn in the road to Gasi-ri. She had never thought of that other self as different from that self during the extra time different from her time. This was that time. That time that seemed to last forever, that time of absentmindedness that was as short as a moment. The woman realized this and was surprised. She looked around, like an animal suddenly out of its cage. After looking out at the road and confirming that there was no one there, she turned around. She tidied up her hair, slightly disheveled by the wind, and tied the ribbons on her jacket tighter. After she left, the shade would disappear. Only the oleander would remain with its absurd number of flowers.

A woman was still sitting in the shade of an oleander at the turn in the road to Gasi-ri.

Translated by Jeon Seung-hee

해설

Afterword

망부가(望夫歌石)—찬란한 기다림에 부쳐

박정희 (문학평론가)

망부석 전설은 우리나라 도처에 퍼져 있는 민간 구전 설화의 한 형태이다. 다양하게 존재하는 이 이야기의 주요 골격을 간추리면, 한 여인이 이러저러한 이유로 멀리 떠난 남편[夫]을 기다리다가[望] 죽어서 그 자리에 돌[石]이 되었다는 내용이다. 이러한 '망부석 전설' 속에 등장하는 여인에 대한 평가는 여러 가지가 있을 수 있을 것이다. 아내를 기다리는 '망부석(望婦石) 전설'이 존재하지 않는다는 점에서, '망부석(望夫石)'은 전통적인 사회에서 남성들이 여성들에게 강요한 이데올로기의 증거로 볼 수도 있겠다. 이러한 해석을 감안하더라도 '망부석(望夫石)'은 사랑하는 사람을 기다리는 그리움의

Mangbuga: Ode to Splendid Waiting

Park Jeong-hui (literary critic)

The *mangbuseok* legend is a type of folk tale found all over the Korean peninsula. The story outline common to this legend's many tellings is this: a woman waits for her husband who has left home for a variety of reasons; she dies while waiting, and then transforms into a stone statue at the same spot. There are many ways we can interpret this story. Some might see it as a product of traditional patriarchal ideology—especially since no gender-reversed legend has been found. Still, we may also choose to interpret it as a more universal and general metaphor for a person's loving, solitary vigil for his or her beloved.

메타포로 읽을 때 삶의 보다 보편적이고 다양한 측면을 발견할 가능성이 높아진다고 할 수 있을 것이다.

이러한 '망부석 전설'은 현대 시인들에 의해 모티프로 차용되고 변용되어 시(詩)로 창작되기도 했다. 서정주의「신부(新婦)」, 조지훈의「석문(石文)」등이 그에 해당하는 작품들이다. 성석제의「협죽도 그늘 아래」는 현대판 소설 '망부석(望夫石)'이라 할 만하다. 이 소설에서 남편을 기다리고 그리워한 '한 여자'의 사연을 정리하면 다음과 같다. 여자는 스물에 대학생인 신랑과 결혼했다. 결혼하고 일 년 만에 전쟁이 났고 남편은 학병입대 지원을 했다. 남편은 유엔군 군속 통역으로 전장에 있었고 여자는 시댁식구와 함께 전쟁을 겪었다. 전쟁은 끝났고 남편은 돌아오지 않았다. 십 년을 기다려도 오지 않는 남편. 사실 남편은 전쟁터에서 실종된 행방불명자였고 '법적 사망자'로 처리되었다. 하지만 그 사실이 여자의 기다림을 포기하게 하지는 못했다. 그렇게 오십 년을 기다린 여자가, 칠순 잔치를 맞아 찾아온 친척들을 배웅하러 마을 길목에 나와서 '스무 살 신부의 모습'으로 협죽도 그늘 아래 앉아 있다.

그런데 이렇게 한 여자의 사연을 요약해놓고 보면 그

This *mangbuseok* legend became an important motif for a number of modern Korean poets. Seo Jeong-ju's "Bride" and Jo Ji-hun's "Stone Door" are well-known examples of these modern adaptations of the *mangbuseok* legend. Song Sok-ze's "In the Shade of the Oleander" could very well be called a modern, fictional form of this *mangbuseok* legend. Song's story of a woman waiting for, and missing her husband is as follows: A woman marries a man, a college student, when she is twenty. The war breaks out a year after their marriage, and her husband volunteers to be a student soldier. He works as an interpreter, a civilian worker, for the UN troops. The war ends, but he never returns. He does not return despite her decades-long wait. Eventually, he is actually labeled missing in action and deemed legally dead. Still, she does not give up. The woman, who has waited for her husband like this for fifty years, sits in the shade of an oleander in the village entrance. She still looks like that twenty-year-old bride from half a century ago as she sits and waits after seeing off her relatives who have come to attend her seventieth birthday celebration.

Summarized in this way, the story may sound

다지 새로울 것도 없는 이야기다. 작가는 이 이야기를 어떻게 소설화하고 있는가? 먼저, 이 소설을 읽은 독자라면 "한 여자가 앉아 있다. 가시리로 가는 길목, 협죽도 그늘 아래."라는 문장이 기억될 것이다. 작가는 이 문장을 열 번 넘게 반복하면서 한 여자의 일생을 소개한다. 이 문장의 반복은 한 여자의 남편에 대한 기다림이 변함없고 한결같은 것이었음을 뚜렷하게 하는 효과를 자아낸다. 이러한 반복은 "있을 리 없다. 없다, 없다.", "그러나 그러나 그러나" 등의 표현에서처럼 이야기를 들려주는 과정에서도 강조되고 있다. 이러한 문장의 반복과 강조 등의 서술 방법은 산문적인 이야기에 리듬을 부여한다. 이 리듬은, 성석제의 다른 작품도 그러하지만, 독자가 이 소설을 묵독(默讀)하는 것보다 낭독(朗讀)할 때의 묘미를 더 느끼게 한다. 이러한 서술 방법으로 이 소설은 '망부가(望夫歌)'에 육박하고 있다.

이러한 유려함과 아울러 이 소설에서 놓치지 말아야 할 것은, 기다림은 시간과 함께 장소를 필요로 한다는 평범한 사실을 확인하는 것이다. 기다림에는 시간이 필요하다. 전장에 나가 행방불명되어 돌아오지 않은 남편을 기다리는 데 오십여 년이 걸렸다. 물론 이 기다림의

rather trite. But, how did the author turn this story into an interesting one? Above all, all readers who have read this story could not forget the sentence, "A woman was sitting in the shade of an oleander at the turn in the road to Gasi-ri." This sentence, repeated more than ten times throughout the story, effectively highlights the persistence of the woman as she waits for her husband. Many other words and phrases are similarly repeated. This repetition adds a rhythm to the prose. Like other works by Song Sok-ze, this story also lends itself to recitation rather than silent reading. Due to this narrative technique, this story becomes a sort of ode to a wife's wait for her husband.

Along with this elegant technique, another element that stands out in this story is its ability to remind us of the commonplace fact that waiting requires both a time and a place. To wait, one needs time. It took fifty years for the woman to wait for her missing-in-action husband. The time spent waiting certainly could not be filled by simply painting "annual rings." In fact, it is impossible to imagine a life filled with nothing but fifty years of waiting. That is why we need a place to wait as well. This time spent waiting is settled as a part of

시간은 '페인트로 나이테'를 그려 넣는 것으로 대체할 수 없다. 그리고 어떤 삶이든 오십여 년의 시간을 기다림 하나의 행위로만 채우는 삶을 상상하기는 힘들다. 그 때문에 기다림의 행위에 장소가 필요한 것이다. 기다림의 시간은 "가시리로 가는 길목, 협죽도 그늘 아래"라는 장소를 가짐으로써 삶의 한 부분으로 자리 잡을 수 있는 것이다. 마중의 장소인 '길목'에 있는 '협죽도'는 독(毒)을 품은 나무라고 해서 그 누구도 그 그늘 밑에 앉으려 하지 않는다. 그런 장소에서 행해진 것이기 때문에 여자의 기다림은 '죽음'에까지 육박할 수 있었으리라. 전국 도처에 '망부석'이 놓여 있는 장소가 입증하고 있듯이, 작가는 한 여인을 위해 '가시리 길목에 있는 협죽도 그늘 아래'라는 구체적인 장소를 마련한 것이다.

여기에 한 가지 덧붙여야 할 것이 있다. 이 소설의 마지막 문장은 소설의 첫 문장을 반복해서 다시 쓰면서 한 단어를 첨가하고 있는데, 그것은 바로 "아직은"이다. 이 단어로 인해한 여자의 기다림은 '아직까지는' 유효하다는 의미로 다가온다. 하지만 작가가 지속적이고 계속적인 의미로 '아직도'라고 쓰지 않고, 이다음을 예측할 수 없는 '아직은'이라고 쓴 이유가 따로 있을 것이다. 소

the woman's life only because it has a place "the shade of an oleander at the turn in the road to Ga-si-ri." As the oleander at the village entrance is supposed to be poisonous, no one is willing to sit in its shade. This location is symbolic of the woman's resolution to wait until the day she dies. Like the actual spots in which a *mangbuseok* stands, the author provides the woman with a concrete place, "the shade of an oleander at the turn in the road to Gasi-ri."

One more thing to note in this story is the addition of the adverb "still" in this story's the last sentence. This last sentence echoes the first sentence of this story in full except for this one word. This signifies that her waiting is an on-going affair. In the previous paragraph, the author allows the woman who has devoted her entire life to waiting a "time of absentmindedness" for the first time, one "slightly disheveled by the wind." This "time of absentmindedness" is "the extra time" that interrupts her life of constant waiting, a time that makes her aware of "that other self." It is suggested that this "extra time" may interrupt her life more often from then on, and she might end up "look[ing] around" more often instead of only looking ahead to the

설의 마지막 부분에서 작가는 기다림을 위해 일생을 바친 한 여인의 삶에 '바람에 살짝 흩트린' 것 같은 "방심의 시간"을 처음으로 부여하고 있다. 이 "방심의 시간"은 기다림으로 점철된 여자의 일생에 틈입하는 "여분의 시간"이다. 이 시간은 "여분의 자신"을 생각해보게 하는 시간이다. 이로부터 우리는 여자의 삶에 "방심의 시간"은 더 자주 틈입할 것이고 여자는 길목에서 길을 내다보기보다 돌아앉기를 자주 할 것이라고 예상해볼 수 있다. 그래서 한 여인의 기다림의 일생은 "아직은" 유효하지만, "이제 여자가 가고 나면 그늘도 사라지고 어처구니없이 많은 꽃을 매단 협죽도 한 그루만 남을 것이다."

성석제의 이 소설에 등장하는 한 여인은 그의 다른 작품에 등장하는 노름꾼이나 춤꾼, 건달이나 깡패, 혹은 술꾼이나 바보들에 비해서 예외적으로 보일 수도 있다. 하지만 이 인물 역시 '에너지가 넘치는 인물'이라는 점에서 '성석제표 인물'임에 틀림없다. 한 평생 기다림의 열정을 실천하고 있다는 점에서 그렇다. 하지만 이 소설을 다 읽었지만 그토록 열정으로 기다림의 삶을 살아낸 여인의 목소리를 상상할 수 없다. 소설에서 여인의 목소리는 한 번도 발화되지 않았기 때문이다. '많은

main road. Although her life of waiting might "still" be an on-going affair, the day when she will no longer be there will come soon: "After she leaves, the shade will disappear. Only the oleander with its "absurd number of flowers" will remain.

This woman seems atypical of most of Song's main characters—usually gamblers, dancers, idlers, mobsters, drunkards, or fools. But, she is quite similar to those characters in her energy: she is someone who puts her passion for waiting for her beloved into practice throughout her entire life. Still, after finishing this short story, we cannot imagine this passionate woman's voice. She does not say a single word throughout the entire story. Perhaps she has been overshadowed by the beauty of an oleander "with its absurd number of flowers."

꽃을 매단 협죽도'의 아름다움에 가려진 것은 아닐까?

비평의 목소리

Critical Acclaim

이 소설(「협죽도 그늘 아래」)의 첫 문장 "한 여자가 앉아
있다. 가시리로 가는 길목, 협죽도 그늘 아래"는 대충 헤
아려 보아도, 이 작품 내에서 열 번 반복된다. 이와 유사
한 문장까지 합친다면 거의 열다섯 번 반복된다. 그러
니까 이 작품은 한 여자가 앉아 있는 풍경을 중심으로
하되, 10~15개의 의미 단락이 이에 종속되어 배열되어
있는 셈인데, 흥미로운 점은 이러한 의미 단락의 순서
를 바꾸어도 소설의 이해에 거의 지장을 받지 않는다는
점이다. 그러니까 독자들은 브라우저 프로그램을 사용
하는 방식으로, 하나의 의미 단락에서 쉽게 빠져나와
전혀 다른 의미 단락으로 돌입할 수도 있다. 마우스 버

The first sentence of this short story "In the Shade of the Oleander", "A woman was sitting in the shade of an oleander at the turn in the road to Gasi-ri," is repeated roughly ten times throughout the entire story. If we take similar sentences into account, it is repeated almost fifteen times. In other words, this short story is centered around a scene in which a woman sits, with around ten to fifteen subordinate meaning units arranged around it. Interestingly, even if we were to change the order of these units, we would not have difficulty understanding the story. Readers could easily move between the different meaning units in the same way

튼 하나로 새로운 상황에 접속할 수 있는 셈이다. 다시 말해 성석제의 소설에는 다양한 의미 단락들이, 마치 연하고 맛있는 풀잎이 소나 사슴을 기다리듯 오밀조밀 하게 배치되어 있기 때문에, 독자들은 별다른 제약 없이 이러한 언어의 바다를 자유롭게 항해할 수 있다.

김만수

성석제의 소설은 기본적으로 '인간 예찬'이다. 일찍이 그는 "인간의 명목이 아니라 인간 그 자체"에 대한 관심, "특히, 더럽고 가난하며 고통받는 모든 인간"의 웃음에 대한 애정을 고백한 바 있다. 그는 그 인간들, 한 번도 역사의 전면, 소설의 표면에 등장해보지 못한 그 인간들을 부활시키기 위해 기존 소설의 반대편으로 우회해 들어간다. 우회의 결과로 나타난 것은 시도 소설도 아니며 그렇다고 농담이나 이야기도 아닌, 도대체 뭐라 규정키 힘든 특이한 형태의 담론인 '성석제표 소설'이다.

신수정

성석제 소설의 남다른 매력은 무엇보다도 그의 뛰어난 언어 감각에서 온다. 시인 출신의 소설가라는 이력

they could move through web browsers. They could enter a different scene with a simple click of a mouse. In other words, as the various units of meaning are arranged in elaborate constructions throughout Song's story, like patches of sumptuous grass for cows or deer, readers can swim freely through this sea of words.

Kim Man-su

Song Sok-ze's stories are basically stories that praise human beings. He once professed his interest was not in the term "human being," but in real human beings, and especially his love for the laughter of "all human beings, dirty, poor, and in pain." In order to resurrect them, the human beings who have never taken the center stage of human history and stories, he goes to the other side of existing fictional forms. The result of these efforts is "the Song Sok-ze brand novel"—neither poetry, nor a novel, neither jokes nor tales—a form of discourse that is very hard to define.

Sin Su-jeong

Song Sok-ze novel's unique attraction comes from his exceptional linguistic sensibilities. As if he

을 입증이라도 하듯, 그의 문장은 시적인 함축과 산문의 개방성을 겸비하고 있으며, 고문(古文)의 유장한 호흡과 현대문의 발랄한 리듬을 자재하게 넘나든다. 범속한 일상의 표면에서 생의 비밀을 들춰내는 섬세한 관찰력, 날렵한 비유와 의뭉스런 유머, 빠르고 정확한 달변의 화술, 간혹 말 자체의 리듬에 들려 주제에 비해 수사가 과한 경우도 없지 않지만, 이 작가가 아주 매력적으로 생동하는 말의 향연을 주재하고 있다는 사실에는 변함이 없다.

진정석

wants to prove that he was a poet before he be-
came a novelist, he uses sentences that combine
the openness of prose with a kind of poetic sug-
gestiveness. He also freely travels back and forth
between the leisurely beat of old Korean and the
lively rhythm of modern Korean. Although he
sometimes gets carried away in his own rhetoric,
there is no doubt that he is in charge of a festival
of an extremely attractive language. He has a re-
fined ability to observe, an ability to uncover the
secrets of life under the surface of the common-
place, a command of sharp metaphors and sly hu-
mor, and the art of recording his subject matter
with both accuracy and eloquence.

Jin Jeong-seok

성석제

1986년 《문학사상》에 「유리 닦는 사람」 외 4편의 시를 발표함으로써 문단에 데뷔했다. 첫 시집 『낯선 길에 묻다』(1991)를 상재한 뒤, 시와 소설의 중간 글쓰기인 '짧은 소설'들을 묶은 『그곳에는 어처구니들이 산다』(1994)를 출간했다. 이 작품집은 청탁에 의한 것이 아니라 작가의 자발적 창작이라는 점에서 의미가 있는데, 이러한 '짧은 소설' 형식은 그 후에도 성석제 소설세계의 한 줄기를 이루는 것이기도 하다. 육 년 동안 다니던 회사를 그만두고 1993년 전업 작가로 나선 그가, 본격적인 소설로 쓴 작품은 1995년 《문학동네》 여름호에 단편소설 「내 인생의 마지막 4.5초」이다. 이 소설은 작품 속에 각주를 도입하는 등 형식적으로 무척 낯설고 새롭다는 평가를 받았다. 이 작품을 발표한 후 성석제는 본격적인 '이야기꾼 소설가'로서의 활동을 시작한다. 이후 활발한 창작활동을 보여주는 바, 소설집으로는 『새가 되었네』(1996), 『아빠 아빠 오, 불쌍한 우리 아빠』(1997), 『홀림』(1999), 『황만근은 이렇게 말했다』(2002), 『어머님이 들

Song Sok-ze

Song made his literary debut when his five poems including "A Man Who Clean Windows" was published in the *Munhak-sasang* in 1986. After his first poetry collection *Asking at an Unfamiliar Road* was published in 1991, a collection of *contes*—or "very short" short stories he conceived as a form between poetry and short stories—entitled *Eocheogunis Live There* was published in 1994. Since then, this *conte* form has become the backbone of Song's fictional world.

After quitting his day job of six years in 1993, he had his first short story "The Final 4.5 Seconds of My Life" published in the summer issue of *Munhakdongne* in 1995. This short story attracted favorable critical attention for its many technical experiments including its use of footnotes. "The Final 4.5 Seconds of My Life" established Song as a novelist who was essentially a "storyteller." Since then, he has had a prolific creative career. His short story collections include *He Became a Bird* (1996); *Daddy, Daddy, Oh My Poor Daddy* (1997); *Infatuated* (1999); *Thus*

려주시던 노래』(2005), 『참말로 좋은 날』(2006), 『지금 행복해』(2008) 등이 있고, 장편소설로는 『왕을 찾아서』(1996), 『궁전의 새』(1998), 『순정』(2000), 『인간의 힘』(2003), 『위풍당당』(2012), 『단 한 번의 연애』(2012) 등이 있다. 그리고 성석제의 전매특허인 원고지 이십 매 안팎의 '짧은[掌篇] 소설'을 엮은 소설집 『그곳에는 어처구니들이 산다』(1994), 『재미나는 인생』(1997), 『번쩍하는 황홀한 순간』(2003), 『인간적이다』(2010) 등은 '성석제식' 특유의 재담과 재치 넘치는 문장을 보여주고 있다. 이에 더해 흥겨운 입담과 날렵한 필치가 빛나는 산문집도 다수 출간했다. 1997년에 단편 「유랑」으로 한국일보문학상, 2000년에 소설집 『홀림』으로 동서문학상을, 2001년에 단편 「황만근은 이렇게 말했다」로 이효석문학상을, 2002년에 소설집 『황만근은 이렇게 말했다』로 동인문학상을, 2004년에 단편 「내 고운 벗님」으로 한국일보문학상을, 2005년에 단편 「잃어버린 인간」으로 오영수문학상 등을 수상했다. 성석제는 거짓과 참, 상상과 실제, 농담과 진담, 과거와 현재 사이의 경계선을 미묘하게 넘나드는 개성적인 '우리 시대의 이야기꾼'이며, 현실의 온갖 고통과 참을 수 없는 존재의 무거움을 올

Spake Hwang Man-geun (2002); *Songs Mother Sang for Us* (2005); *A Really Good Day* (2006); and *I Am Happy Now* (2008). His published novels are *In Search of the King* (1996), *Bird in the Palace* (1998), *Pure Heart* (2000), *Human Power* (2003), *Majestic* (2012), and *One and Only Love Affair* (2012). Additionally, his published works include a number of *conte* prose collections, all full of his trademark humor and wit. His prose collections include: *Eocheogunis Live There* (1994); *Wonderful Life* (1997); *With a Flash, a Spellbound Moment* (2003); and *Humane* (2010).

Song Sok-ze won the 1997 *Hanguk Ilbo* Literary Award for his short story "Wanderings," the 2000 East-West Literary Award for his short story collection *Infatuated*, the 2001 Yi Hyo-seok Literary Award for his short story, "Thus Spake Hwang Man-geun," the 2002 Dongin Literary Award for his short story collection, *Thus Spake Hwang Man-geun*, the 2004 *Hankook Ilbo* Literary Award for his short story, "My Dear Beautiful Friend," and the 2005 Oh Yeong-su Literary Award for his short story, "The Lost Man." A unique writer who walks the fine line between falsehood and truth, imagination and reality, humor and somber discussion, and the past and the present, Song is "the storyteller of our times," a

바로 성찰하면서도 그것을 웃으며 즐길 줄 아는 작가라는 평을 받고 있다.

writer who appreciates the pain and unbearable heaviness of our lives at the same time as he knows how to laugh at and enjoy them.

번역 **전승희** Translated by Jeon Seung-hee

전승희는 서울대학교와 하버드대학교에서 영문학과 비교문학으로 박사 학위를 받았으며, 현재 하버드대학교 한국학 연구소의 연구원으로 재직하며 아시아 문예 계간지 《ASIA》 편집위원으로 활동 중이다. 현대 한국문학 및 세계문학을 다룬 논문을 다수 발표했으며, 바흐친의 『장편소설과 민중언어』, 제인 오스틴의 『오만과 편견』 등을 공역했다. 1988년 한국여성연구소의 창립과 《여성과 사회》의 창간에 참여했고, 2002년부터 보스턴 지역 피학대 여성을 위한 단체인 '트랜지션하우스' 운영에 참여해 왔다. 2006년 하버드대학교 한국학 연구소에서 '한국 현대사와 기억'을 주제로 한 워크숍을 주관했다.

Jeon Seung-hee is a member of the Editorial Board of ASIA, is a Fellow at the Korea Institute, Harvard University. She received a Ph.D. in English Literature from Seoul National University and a Ph.D. in Comparative Literature from Harvard University. She has presented and published numerous papers on modern Korean and world literature. She is also a co-translator of Mikhail Bakhtin's *Novel and the People's Culture* and Jane Austen's *Pride and Prejudice*. She is a founding member of the Korean Women's Studies Institute and of the biannual Women's Studies' journal *Women and Society* (1988), and she has been working at 'Transition House,' the first and oldest shelter for battered women in New England. She organized a workshop entitled "The Politics of Memory in Modern Korea" at the Korea Institute, Harvard University, in 2006. She also served as an advising committee member for the Asia-Africa Literature Festival in 2007 and for the POSCO Asian Literature Forum in 2008.

감수 **데이비드 윌리엄 홍** Edited by David William Hong

데이비드 윌리엄 홍은 미국 일리노이주 시카고에서 태어났다. 일리노이대학교에서 영문학을, 뉴욕대학교에서 영어교육을 공부했다. 지난 2년간 서울에 거주하면서 처음으로 한국인과 아시아계 미국인 문학에 깊이 몰두할 기회를 가졌다. 현재 뉴욕에서 거주하며 강의와 저술 활동을 한다.

David William Hong was born in 1986 in Chicago, Illinois. He studied English Literature at the University of Illinois and English Education at New York University. For the past two years, he lived in Seoul, South Korea, where he was able to immerse himself in Korean and Asian-American literature for the first time. Currently, he lives in New York City, teaching and writing.

바이링궐 에디션 한국 대표 소설 040

협죽도 그늘 아래

2013년 10월 18일 초판 1쇄 인쇄 | 2013년 10월 25일 초판 1쇄 발행

지은이 성석제 | 옮긴이 전승희 | 펴낸이 방재석
감수 데이비드 윌리엄 홍 | 기획 정은경, 전성태, 이경재
편집 정수인, 이은혜 | 관리 박신영 | 디자인 이춘희
펴낸곳 아시아 | 출판등록 2006년 1월 31일 제319-2006-4호
주소 서울특별시 동작구 흑석동 100-16
전화 02.821.5055 | 팩스 02.821.5057 | 홈페이지 www.booGasia.org
ISBN 978-89-94006-94-9 (set) | 978-89-94006-03-1 (04810)
값은 뒤표지에 있습니다.

Bi-lingual Edition Modern Korean Literature 040

In the Shade of the Oleander

Written by Song Sok-ze | **Translated by** Jeon Seung-hee
Published by Asia Publishers | 100-16 Heukseok-dong, Dongjak-gu, Seoul, Korea
Homepage Address www.bookasia.org | **Tel**. (822).821.5055 | **Fax**. (822).821.5057
First published in Korea by Asia Publishers 2013
ISBN 978-89-94006-94-9 (set) | 978-89-94006-03-1 (04810)